KB007007

어느 장의사의 일기

아오키 신몬 장편소설 조양욱 옮김

문학세계사

어느 장의사의 일기
아오키 신몬

초판 1쇄 2009년 8월 17일
개정판 1쇄 2023년 1월 6일

지은이 ● 아오키 신몬
옮긴이 ● 조양욱
펴낸이 ● 김종해
펴낸곳 ● 문학세계사
출판등록 ● 1979. 5. 16. 제21-108호

주소 ● 서울시 마포구 신수로 59-1(04087)
전화 ● 02-702-1800
팩스 ● 02-702-0084
이메일 ● mail@msp21.co.kr
홈페이지 ● www.msp21.co.kr
페이스북 ● www.facebook.com/munsebooks

ⓒ 문학세계사, 2023
ISBN 978-89-7075-351-5

納棺夫 日記

青木新門

NOKANFU NIKKI ZOHO KAITEI-BAN by AOKI Shinmon
Copyright © 1996 AOKI Shintaro
All rights reserved.
Original Japanese edition published by Bungeishunju Ltd.,
Japan in 1996.
Korean translation rights in Korea reserved by MunhakSegyeSa,
under the license granted by AOKI Shintaro, Japan arranged
with Bungeishunju Ltd., Japan
through The English Agency (Japan) Ltd., Japan and
Danny Hong Agency, Korea.

이 책의 한국어판 저작권은 대니홍 에이전시를 통한 저작권사와의
독점 계약으로 문학세계사에 있습니다. 저작권법에 의해 한국 내에
서 보호를 받는 저작물이므로 무단전재와 복제를 금합니다

일러두기

납관부納棺夫는 죽은 사람에게 마지막 작별의 화장을 해주고, 영원한 여행을 떠나기 위한 의상을 입혀(염습) 그 사체를 입관入棺하는 사람을 말한다. 장례회사에서 10년간 납관부로 일한 작가 아오키 신몬은 "납관부는 '시체 처리사'가 아니라, 죽은 이가 안심하고 사후의 세계로 갈 수 있게 돕는 사람"이라고 말한다.

한국어판에는 '납관부'와 '장의사' 모두 사용하고 있다.

어느 장의사의 일기

제 **1** 장

진눈깨비의 계절

오늘 아침 다테야마(立山)[1]에 눈이 내렸다.

온몸에 살기와도 닮은 냉기가 스쳐간다. 오늘부터 염습(殮襲)[2]과 입관(入棺) 업무를 시작하기로 했다.

먼저 이야기를 꺼내놓고도 솔직히 2, 3일은 머뭇거렸다. 하지만 큰소리를 쳤으니 내가 감당할 수밖에 없는 노릇이었다. 그래서 두 눈 딱 감고 실행에 옮겼다.

'유칸'이라고 해도 실제로 시신을 더운 물로 씻는 게 아니다. 시신을 알코올로 닦고, 불의(佛衣)라고 불리는 수의를

＊─────
 1) 다테야마(立山) : 도야마현(富山縣)에 있는 해발 3,015미터의 산으로 일본 3대 명산으로 꼽힌다. ─옮긴이
 2) 염습(殮襲) : 죽은 사람의 몸을 닦은 다음 수의를 입히는 일. 일본에서는 따뜻한 물로 씻는다고 하여 '유칸(湯灌)'이라는 용어를 쓴다. ─옮긴이

입힌다. 그런 뒤 머리카락과 얼굴을 가다듬고 양손을 앞으로 모아 염주를 쥐어준 다음, 입관하기까지의 일련의 작업을 거친다.

처음 해보는 경험인 데다가 나는 운이 나빴다. 일흔 몇 살 먹은 노인의 시신이었는데, 몸집이 크고 여간 건장하지 않았다. 직업이 목수였으며, 술집에서 자전거를 타고 귀가하는 도중에 넘어져 도로 곁 하수구에 머리를 부딪치는 바람에 사망했다고 한다.

장의사라고 하는 일의 성격상 그 동안 다른 사람이 하던 염습과 입관 작업을 제법 자주 보아왔다. 그러나 막상 내가 직접 하자니까 땀범벅이 된 채 좀처럼 일이 진척되지 않았다. 시신의 팔이 딱딱하게 굳어 있어서 수의 소매에 잘 끼워지지가 않는다. 시신을 끌어안아 올리듯이 하지 않으면 수의의 끈을 아래로 돌려 묶을 수가 없다.

그렇게 내가 쩔쩔 매는 광경을 20여 명의 유족과 친척들이 마른침을 삼키면서 지켜보았다.

애당초 품고 있던 죽음에 대한 공포와 시신에 대한 혐오감 따위는 어디론가 사라져 버렸다. 나는 초조함과 극도의 긴장감에 싸여 무엇이 어떻게 돌아가는지 영문도 모른 채 간신히 작업을 끝냈다.

이윽고 쓰야(通夜)[3]의 독경이 시작되었다. 그럼에도 불구하고 내가 돌아가려고 하자 상주가 직접 현관까지 나와 정중하게 인사를 하며 고맙다는 예를 표해 주었다. 어딘지 모르게 기묘한 기분이 들었다.

집으로 돌아간 나는 서둘러 목욕탕으로 들어갔다. 아내가 수상쩍다는 표정으로 나를 쳐다보았다.

*

지금까지 이 지방에서는 염습과 입관을 죽은 사람의 친척, 즉 사촌형제나 숙부, 또는 조카가 하는 것이 관례처럼 되어 있었다.

거기에 뽑힌 두세 사람이 마을 어른들이나 장의사가 시키는 대로 떨떠름한 표정을 지으면서 해왔던 것이다.

어찌 된 영문인지 다 낡은 행주치마를 뒤집어 걸친 다음, 새끼줄 따위로 X자 모양의 어깨띠를 하거나 허리를 꽁꽁 묶은 이상한 차림새로 절차를 진행한다. 그래서 이제 시작

*————
3) 쓰야(通夜) : 발인 전날, 밤을 새우며 죽은 사람을 기리는 일. —옮긴이

되는가 싶어도, 술을 벌컥벌컥 들이켠 뒤 흥분하여 우물쭈
물할 뿐 도무지 작업이 진척되지 않았다. 곁에서 일일이 참
견하는 사람들이 너무 많은 탓도 분명히 있었다.

염습이라는 것은 병으로 인하여 오랜 기간에 걸쳐 자리
보전만 하던 상태에서 사망한 사람을 저승으로 보내면서,
하다못해 몸이라도 청결하게 해주자는 뜻에서 깨끗한 물로
온몸을 닦는 풍습이다. 오늘날에는 병원에서 타계하는 경
우가 점점 많아져 알코올로 닦아주는 방식으로 바뀌어 버
렸다. 그러나 이 지방에서는 자택에서 숨을 거둘 경우, 예
로부터의 풍습 그대로 여전히 따뜻한 물로 죽은 이의 몸을
깨끗이 해주곤 한다.

장례 일에 참견하는 사람이 여럿 있는 데다가, 하기 싫은
일을 억지로 하는 신출내기가 술까지 마셨으니 그 광경은
짐작하고도 남으리라. 시신의 옷을 죄다 벗기고 일으켜 세
우거나 옆으로 누이거나 해야 하는지라, 입과 코와 귀에서
피가 배어 나오는 등의 유쾌하지 못한 상황이 이따금 생겨
나기도 한다. 곁에서 지켜보는 사람들은 죽은 이에 대한 애
석한 마음과 시신에 대한 혐오감, 게다가 죽음에 대한 공포
등이 마구 뒤섞여 더욱 더 흥분상태가 증폭되어 가기 마련
이다.

오늘은 된통 한 방 먹고 말았다. 설마 아직 좌관(座棺)[4]이 사용되는 마을이 있으리라고는 상상조차 하지 못했다.

도야마시(富山市) 교외의 조그만 마을로, 지난 4, 5년 동안 이 마을에서는 사망자가 없었다고 한다. 그러므로 시 전체에서 사용할 수 있는 새로운 화장장이 세워져 있음에도 불구하고, 예로부터 사용해오던 좌관 전용 마을 화장터에서 화장하는 모양이었다.

염습을 하고 수의로 갈아입힐 때까지는 별 탈 없이 진행되었다. 그런데 좌관에다 입관하려면 시신을 접어서 꺾지 않으면 안 된다. 어찌 해야 좋을지 막막하기만 했다.

내가 곤혹스러운 표정을 지으면서 머뭇거리고 있자 마을의 어른으로 여겨지는 노인이 앞으로 나섰다.

"자네, 좌관을 난생 처음 대하는 모양이로군!"

그러면서 그가 도와주었다.

우선 허리를 묶을 끈과 무명천 등을 꺼내 놓았다. 그런 뒤 다리를 꺾어서 접어 몸통과 함께 결박하는 것이다. 좀처럼 다리가 굽혀지지 않는 바람에 부드득 소리가 날 정도로 단단히 묶지 않고서는 도저히 관에 들어가지 않았다.

*————
4) 좌관(座棺) : 시신을 앉은 자세로 넣는 관. —옮긴이

이제 충분하다는 생각이 들었으나 마을 노인은 남은 무명천으로 노파의 시신을 둘둘 말았다. 영혼을 꽉 틀어막아 밖으로 나오지 못하게 하기 위한 조치라고 했다.

시신을 관 안에 앉히고 나자 가슴 언저리에 단도 한 자루가 놓여졌다. 이것은 악령이 들어가지 못하도록 막기 위한 것이라고 했다.

갈피를 잡을 수 없었다. 여하튼 장송의례(葬送儀禮)에는 영문 모를 일들이 수두룩했다.

*

그 후로 한동안 염습과 입관 의뢰가 없었다. 그런데 최근에 와서 갑자기 많은 의뢰가 들어오게 되었다.

장의를 수주해오는 영업사원이 "입관은 저희 회사에 맡겨 주세요. 아주 솜씨가 뛰어난 직원이 있다니까요!" 하고 선전하며 돌아다니는 듯했다.

그렇지만 오늘은 두 손 두 발 다 들었다. 세 군데나 예약이 밀리고 말았던 것이다. 세 번째 상갓집을 찾아갔을 때에는 벌써 밤 10시가 다 되어 있었다.

한밤의 시골 마을에서는 상갓집이 어딘지 금방 알아차릴

수 있다. 어둠 속에서 환하게 불을 밝힌 집이 내가 찾아갈 목적지인 것이다.

그 집 앞의 논길에 대여섯 명의 마을 사람이 서 있더니 내가 다가가자 갑자기 고함을 버럭 질렀다. 쓰야 의식을 진행할 시간이 2시간이나 늦어졌고, 독경할 스님을 3시간이나 기다리게 만들었다는 사실에 머리 꼭대기까지 화가 치민 모양이었다. 나보다 한 발 먼저 제단을 꾸미기 위해 와 있던 동료 사원은 작업이 끝났음에도 내가 도착할 때까지 인질로 붙잡혀 있었다.

하지만 내가 다다미에 이마가 닿도록 용서를 빌고, 입관을 마친 후 제단에 안치함으로써 쓰야의 독경이 시작되자 다들 안도한 듯 찌푸렸던 얼굴이 펴졌다.

인질로 붙잡혔던 동료 사원의 이야기로는, 스님이 기다림에 지쳐 자꾸 화를 내기 시작했다고 한다. 그러면서 친척 가운데 누군가를 시켜 입관을 하지 그러느냐고 보챘으나, 친척들은 서로 얼굴을 쳐다볼 뿐 꽁무니를 뺐다는 것이다. 그래서 불러놓은 '납관부'가 곧 도착할 테니까 잠깐만 더 기다려달라고 달랜 모양이었다.

드디어 나도 납관부가 되어 버렸다.

귀가하여 사전을 뒤적여보았으나 '납관부(納棺夫)'라는

용어는 어디에서고 찾을 길이 없었다.

*

다테야마에 눈이 내리고, 맑게 갠 날과 어둡게 비가 오는 날이 2, 3일 주기로 되풀이되면서 이 지방은 겨울을 맞는다. 오늘은 비가 내린다.

비가 오는 탓인지 날이 빨리 저문다.

빗방울도 점점 더 차가워져 간다.

그렇게 차가운 비가 뿌리는 캄캄한 저녁 무렵, 벌써 10년 이상이나 만난 적이 없었던 집안의 숙부가 느닷없이 찾아왔다. 현관 앞에서 숙부의 얼굴을 보는 순간 번쩍 어떤 예감이 들어 가까운 다방으로 모시고 갔다.

아니나다를까, 용건은 "왜 그 따위 일을 하고 있느냐?"는 것이었다.

이 일을 시작한 지 아직 열흘이 지나지 않은 데다가, 아내나 친구들도 알 리가 없는데 어떻게 눈치를 채신 것일까? 필경 어느 집인가의 조문객 가운데 나를 알아본 친척이 있었음이 분명했다.

숙부는 마침 괜찮은 일거리가 있다고 운을 뗐다. 그러면서 몇 대를 이어온 가문의 직계 장손이 장의사가 되었다는 사실을 몹시 나무랐다. 숙부는 우리 집안에 교육자와 경찰관을 비롯한 국가 공무원이 많고 사회적으로 지위가 높은 사람도 적지 않은데, 내가 그 같은 뼈대 있는 가문의 수치라며 마구 야단쳤다.

그리고 마지막으로, 지금 하는 일을 당장 때려치우지 않는 한 관계를 끊지 않을 도리가 없다며 으름장을 놓았다.

되도록 그만두는 방향으로 노력하겠다고 약속한 뒤 숙부를 돌려보냈다. 그러나 나는 내심 오기가 생겨났다.

친척들의 직업쯤이야 일부러 들려주지 않아도 이미 알고 있었으며, 철이 든 소년 시절 이래 나는 종갓집 장손이라는 무거운 짐을 한 몸에 짊어진 채 그 무게에 눌려 좌절과 방탕을 거듭해왔던 것이다. 게다가 이제 와서 새삼스럽게 관계를 끊느니 마느니 하지 않더라도, 벌써 오래 전부터 친척들과의 교류는 이미 단절된 것이나 마찬가지였다.

더구나 의사나 간호사, 혹은 경찰의 감식요원만 하더라도 장의사보다 더 처참한 시신을 수시로 다루고 있다는 데까지 생각이 미쳤다.

그러나 냉정하게 돌이켜보면 사회적인 통념에 무리가 있었다. 장의사의 사회적인 지위는 가장 밑바닥이었고, 그 중에서도 입관 담당이나 화장 담당인 경우에는 죽음과 사체가 기피의 대상이 되는 것처럼 남들이 꺼려하는 것이 엄연한 현실이었다.

아무래도 나는 터부의 세계에 발을 들여놓고 만 듯하다. 그런 사실을 깨닫자 문득 불안해진다.

그런데 하필 왜 이런 일을 택했느냐고 숙부가 따져 물었을 때, 나는 무어라 대꾸할 말이 없었다. 실제로 내가 어째서 이 일을 하게 되었는지 나 자신도 확실히 알지 못한다. 스스로의 의지로 고른 일이 아닌 것만은 분명하다.

하지만 이제 와서 돌이켜보면, 무언가에 나도 모르게 이끌린 듯한 운명적인 흐름이 있다.

나는 네 살 때 부모를 따라 옛 만주 지방으로 건너갔다. 그리고 일본이 태평양전쟁에서 패전한 것은 내 나이 여덟 살 때였다.

만주에서 태어난 여동생과 남동생은 귀국을 기다리던 난민수용소에서 잇달아 죽어갔다. 어머니 역시 발진티푸스에 걸려 죽음이 경각에 달려 있었다. 나는 잘 모르는 아주머니와 함께 수많은 시체가 쌓여 있는 곳에 여동생과 남동생의 주검을 버리고 돌아온 기억이 여태 생생하게 뇌리에 남아 있다.

1946년 10월, 운 좋게 목숨을 건진 어머니와 더불어 일본으로 돌아왔다. 아버지는 시베리아 전선으로 떠난 이래 소식이 끊어지고 말았다.

　도야마현에 있는 생가로 돌아오자 커다란 저택에서 할아버지와 할머니 두 분이 살고 있었다.

　드넓은 논이 펼쳐진 한복판에 자리한 마을에는 50여 채의 농가가 있었다. 그리고 그 절반 이상은 성이 같은 집성촌이었고, 우리 집이 그들의 종가였다. 몇 대를 이어 내려온 지주였던 모양이지만, 농지 개혁으로 생활의 기반이 뿌리째 무너져 내리려던 참이었다.

　도리 없이 광 안에 있던 물건들을 꺼내 팔아서 생계를 이었다. 할아버지와 할머니는 단 한 번도 땀 흘려 일을 해본 적이 없는 듯했고, 당장 내일 먹을 쌀이 없어도 두 분 다 태평스러운 표정을 흐트러뜨리지 않았다.

　어머니는 고부 갈등을 견디다 못해 만주로 건너갈 지경이었던지라 얼마 지나지 않아 집을 나가 버렸다. 도야마 시내의 암시장에서 일한다고 했다.

　나는 그런 저택의 분위기 속에 소년기를 보내야 했다. 이윽고 내가 대학에 입학할 즈음, 마지막으로 남은 광 속의 물건과 저택의 일부를 처분하여 입학금을 장만했다. 그것은 긴 세월을 이어온 가문이 형체조차 없이 사라지는 순간이기도 했다.

대학에 들어가자 때마침 '60년 안보투쟁'[5]의 회오리가 불어닥쳐 걸핏하면 휴강이 되기 일쑤였다. 공연히 화가 치민 나는 어느 결에 데모 대열에 가담하곤 했다.

안보 조약이 성립되어 허탈해하고 있을 때, 어머니의 병환이 위중하다는 전보를 받고 도야마로 돌아왔다. 어머니의 병은 맹장의 오진이어서 이내 나았다. 그렇지만 나는 어머니가 경영하던 술집에서 일을 돕는 사이에 눌러앉게 되었고, 대학으로는 돌아가지 않았다.

얼마쯤 시간이 흐르고 나자 나는 내 가게를 직접 경영하고 싶어서 일종의 카페를 열었다. 그 무렵 내가 시에 매료되어 있었던지라 시인이나 화가들이 뻔질나게 드나드는 곳이 되었다.

손님과 더불어 고주망태가 되곤 하는 경영이긴 했으나, 지방에서는 드문 색다른 가게라는 소문이 나는 바람에 크게 번창했다.

그 같은 가게로 어느 날 작가인 요시무라 아키라 씨가 불

*————

5) 1960년의 미일 안전보장 조약 개정을 반대하던 데모. —옮긴이

쑥 나타났다. 카운터를 사이에 두고 앉은 바텐더와 손님이라는 입장에서, 내가 시를 쓴다고 말하자 소설은 쓰지 않느냐고 물었다. 그리고 만약 단편소설을 쓰게 되면 부쳐달라는 당부를 남기고 요시무라 씨는 떠나갔다.

단지 그것뿐인 만남이었다. 그런데 술과 여자에 빠져 시인이나 화가들과 어울리는 사이에 마침내 가게의 경영상태가 엉망이 되고 말았다. 장사에 별 재주도 없는 주제에 노는 데만 열중했으니 당연하다면 당연한 결말이긴 했다.

어느 날 문득 요시무라 씨가 남긴 말이 떠올라 단편소설을 써보았다. 할아버지가 패전 후 10년 동안 단 한 푼의 수입도 없으면서 저택의 숲에서 감나무나 만지작거리면서 세월을 보내는 모습을 묘사한 것이었다.

요시무라 씨에게 부쳤더니 잡지《문학자》에 싣겠다는 연락이 왔고, 그로부터 얼마 지나지 않아 「감의 불길」이라는 제목의 내 작품이 게재된 잡지가 우송되어 왔다. 그리고 작품 평가회에 참석해 달라는 쪽지가 들어 있었다.

나는 합평회라는 이름의 작품 평가회에 나가기 전까지《문학자》라는 동인잡지를 유명한 소설가인 니와 후미오(丹羽文雄) 씨가 주재(主宰)한다는 사실이나, 당대의 쟁쟁한 분들이 동인이라는 사실도 전혀 모르고 있었다. 합평회가 끝나자 요시무라 씨의 뒤를 졸졸 따라다니면서 신주쿠의 술집을 전전했고, 부끄러운 줄도 모르고 요시무라 씨의 자택에까지 함께 가기에 이르렀다.

이튿날 아침, 잠에서 깨어나니 요시무라 씨의 부인이자 아쿠타가와상(芥川賞) 수상작가인 쓰무라 세츠코(津村節子) 씨가 아침식사를 차려주어 황송하기 이를 데 없었다. 그 날 아침식사 자리에서 두 분이 나에게 "당신은 재능이 있으니까 소설을 계속 쓰는 게 어떻겠느냐?"고 권해주었다.

그 한 마디에 시골뜨기가 별안간 왕자라도 된 듯 우쭐해지고 말았다. 나는 가게 경영 따위는 내팽개친 채 원고지에 매달려 씨름을 하기에 이르렀다.

그렇지 않아도 도산 직전이었던 가게는 이윽고 문을 닫았고, 내가 감당하기에는 너무나 무거운 빚만 잔뜩 남았다. 그러나 도산은 했으나 한 번 왕자의 기분에 젖어든 시골뜨기는 변함없이 원고지의 빈 칸을 메워나갔다.

도산으로 어수선한 틈을 타 은밀하게 빼돌렸던 몇 푼 되지 않는 돈마저 다 떨어질 즈음, 아내가 첫 아이를 낳았다. 아들이었다. 아내는 분유를 살 돈이 없다면서 울먹였다. 소설만 팔려나가면 그까짓 분유쯤이야 얼마든지 사주겠노라고 흰소리를 쳤지만 속이 아렸다.

어느 날 심하게 부부싸움을 하는 와중에 아내가 울부짖으면서 내던진 신문의 구인난에 눈길이 멎었다. '관혼상제 상조회 사원 모집'이라고 적혀 있었다.

구체적으로 어떤 일인지도 모른 채 면접을 보러 갔다. 현관을 여니까 입구에 관이 잔뜩 쌓여 있었다. 얼토당토않은 곳을 찾아왔구나 하고 순간 섬뜩한 기분이 들었으나, 분유를 사기 위한 아르바이트에 지나지 않는다고 스스로를 달래면서 마음을 다잡아먹고 안으로 들어갔다.

*

오늘 아침 회사에 출근하면서 올려다본 눈 덮인 다테야마가 슬플 만큼 아름답게 보였다.

입관하는 일이 없었던지라 예전부터 한 번 들르라는 이야기가 있었던 화장장을 찾아갔다. 화장장은 도야마시의 남쪽 끄트머리에 자리잡고 있었다.

시가지 중심부에서 자동차로 30분 가량 달려간, 인가가 없는 곳에 있었다. 가는 도중 자동차 앞 유리창 가득 다테야마 연봉(連峰)이 멋지게 펼쳐졌다.

도착하자 10기의 화장로(火葬爐)가 늘어선 화장장 뒤쪽으로 안내를 받았다. 보통은 관계자 외에는 출입금지라고 했다. 이미 오늘의 업무는 거의 마무리된 듯 서너 명의 직원이 뒷정리를 하는 중이었다.

그 자리에 선 채 주변을 둘러보고 있으려니까 갑자기 색안경을 낀 사내가 어디선가 나타났다. 그는 손에 들고 있던 찻잔을 희미하게 재가 쌓인 책상 위에 내려놓더니 의자에 앉으라고 권했다. 그리고 색안경의 사내와 키가 작고 통통하게 살이 찐 사내가 나를 가운데 끼운 형태로 자리를 잡았다. 둘 다 히죽히죽 묘한 웃음을 흘렸다.

용건은 최근 관 속에 온갖 이물질이 섞여 있는 바람에 여간 낭패가 아니다, 아무래도 네가 범인이지 싶다는 것이었다. 죽은 사람이 애용하던 것이라는 이유 하나로 유족이 부탁하는 대로 관에다 집어넣으면 곤란하다고, 마치 야쿠자가 옥박지르듯이 으름장을 놓았다.

시내 각지의 장의사에서 이 화장장으로 몰려올 터이므로 반드시 내가 한 짓이라고 단정할 수 없는 게 아니냐고 반론을 펴보았지만, 싱긋 웃을 뿐 눈도 깜빡 하지 않았다. 여기에 모여드는 관 하나하나가 어느 장의사에서 손댄 것인지, 누가 입관을 했는지 훤히 꿰뚫고 있으니 허튼 수작은 하지 말라는 표정이었다.

어제의 럭비공도 네가 넣었지? 하고 따져 물었다. 내심 짚이는 게 있었다. 전직 학교 교사로, 오랫동안 모교의 럭비부 감독을 역임한 사람을 엊그제 입관한 것은 분명했다. 그 때 문상하러 온 제자들이 관에 공을 넣어주어도 괜찮으냐고 묻기에 그렇게 하라고 선선히 응한 것은 틀림없는 사실이었다.

키가 작고 통통한 사내가 색안경을 낀 사내를 가리키며 말하기를, 이 양반의 오른쪽 눈이 의안(義眼)인 까닭도 바로 그런 이물질 탓이라는 것이었다. 즉 예전에 낡은 화장로를 쓰던 시절, 연소실 내부의 상태를 살피느라 화장로에 붙은 유리창에 눈을 댄 순간 무언가가 폭발하여 유리 파편이 눈동자를 파고들었기 때문이라고 했다.

예전에는 관이 도착하면 로비에서 유족과 이별하고, 뒤쪽으로 이동하여 내부를 점검한 뒤 화장로에 집어넣었다. 그런데 신문의 독자 투고란에 시신의 몸에 붙어 있는 물건을 화장장 직원이 흡사 훔치듯이 빼낸다는 고발이 게재된 다음부터는 로비에서 유족들이 지켜보는 가운데 화장로에 밀어 넣는 식으로 바뀌었다는 것이다.

두 사내는 이런 일이나 하는 처지인지라 사람을 바보 취급을 한다면서 무척 흥분하고 있었다. 실제로 금이빨과 금반지가 분명히 있었다면서 의심의 눈초리를 던지며 마구 지껄여대는 자들이 더러 있기는 했다.

대개 금이빨이나 금반지 따위는 중유 버너를 사용하는 현재의 화장로에서는 녹아서 기화되어 형체조차 사라지고 만다는 사실을 제대로 알지도 못하면서(실제로는 기화될 온도는 아니다) 입에 거품을 물고 떠벌이는 것이다.

불평인지 설교인지, 무얼 이야기하고 싶어하는지 처음에는 종잡을 수 없었다.

요컨대 자신들의 일은 예삿일이 아니고, 남들이 짐작조차 못하는 고생이 이만저만 아니며, 시의 공무원이라는 것은 말뿐이고, 세상 사람들로부터 '화장장이'라고 손가락질만 당한다, 그런 터에 급료는 너무 형편없다는 주장이었다.

그들이 유난히 힘주어 말한 것은 최근 2, 3년 사이에 촌지의 액수가 도무지 오르지 않는다, 이것은 장의사에서 그렇게 부추긴 것이 원인이다, 원래 촌지라는 것은 주는 쪽의 마음(志)이어서 미리 얼마라는 식으로 정하는 것은 어색하다, 장의사들이 상가에 일정액을 제시하여 더 이상 오르지 못하도록 막고 있다고 의심했다.

그들이 너무 일방적으로 떠드는지라 나도 참지 못하고 슬쩍 옆구리를 찔러 보았다.

"촌지만 모아도 월급보다 훨씬 많지 않습니까?"

"무슨 바보 같은 소리야! 넌 아무것도 몰라. 예전에는 다섯 명이 일했지만 지금은 한 명이 늘어났어. 그럼에도 촌지의 알맹이는 변함이 없다는 사실을 지적하는 거라니까!"

바보라는 욕마저 먹고 나니 더 이상 대화가 되지 않는다. 여하튼 지리멸렬한 내용이긴 하지만, 마지막에 가서는 반드시 돈 이야기로 귀착되어 갔다.

"너도 입관을 맡고 있으니까 잘 알 거라 여기지만, 이 따위 궂은일을 하면서 돈마저 만지지 못한다면 누가 하려고 들겠어? 너도 그동안 꽤 번 눈치로구먼 그래!"

그들이 진지한 눈초리로 나를 쏘아보았다.

나는, 앞으로는 관 속에 위험한 물건을 넣지 않도록 명심하겠노라고 약속한 뒤 물러날 수밖에 없었다.

화장장의 어둠침침한 건물에서 바깥으로 나오자 쾌청한 하늘에 멋진 노을이 지고 있었다.

나도 모르게 이끌리듯이 화장장 뒤편을 흐르는 강의 제방 위 둑길로 올라섰다. 거기서는 부챗살 모양으로 펼쳐진 도야마 평야가 한눈에 들어왔다.

건너편 구릉 아래로 빠져 들어가는 늦가을의 태양이 투명한 저녁놀이 되어 하늘 가득 번져가고 있었다.

동쪽 하늘에는 눈을 뒤집어쓴 북(北)알프스6)가 붉은 능선을 그리고 있었다. 그 장대한 광경을 바라보면서 강을 따라 자동차를 몰고 가다가 앞쪽에서 고추잠자리들이 날아다닌다는 사실을 알아차렸다. 자세히 보니 수유나무가 빽빽하게 늘어선 강 건너편에서 수천, 수만의 고추잠자리가 평야를 향해 날아오고 있었다. 잠자리의 30퍼센트 정도는 교미를 한 채 날고 있었다.

여름 동안 멀리 다른 지역으로까지 날아갔던 잠자리들이 일제히 되돌아온 것이다. 그리고 칙칙한 다갈색에서 선명한 붉은 색으로 변신하여 장대한 저녁놀의 가을 하늘을 날고 있다.

곰곰 생각해보면 잠자리들은 인류가 출현하기 전의 아득한 옛날부터 저녁놀의 하늘을 날아다녔다. 이 가을 저녁놀이 지는 일순, 생의 존속을 걸고 수억 년이나 날고 있는 것이다. 저녁놀이 잠자리를 더욱 붉게 물들여주었다.

앞쪽에서 자동차가 오는 바람에 퍼뜩 정신을 차렸다. 어

*————
6) 북(北)알프스 : 도야마현과 기후현(岐阜縣) 등의 경계를 이루는 히다(飛驒) 산맥의 통칭. 유럽인들이 일본에 와서 알프스와 닮았다고 하여 붙인 별명이라고 전함. —옮긴이

두워진 강물 위로 어부가 탄 조각배가 그림처럼 미끄러져 갔다. 연어가 강을 거슬러 올라오는 모양이었다. 연어 또한 이 일순간에 영원한 생명을 믿고 강을 타고 올라간다.

모든 생물들에게 있어서 추운 북쪽 지방의 늦가을은, 월동 준비와 생명의 존속을 건 행동에 나서는 아주 바쁜 계절 인 셈이다.

*

오랜만에 염습과 입관 일거리가 들어왔다.

오늘의 상가는 행선지 약도를 건네받았을 때에는 알아차 리지 못했으나, 현관 앞에까지 오자 불쑥 기억이 떠올랐다.

도쿄에서 도야마로 돌아와 처음으로 사귀던 연인의 집이 었다.

벌써 10년의 세월이 흘렀다.

눈동자가 아주 맑은 아가씨였다.

콘서트와 미술전시회에 종종 함께 가곤 했다.

아버지가 완고하시다면서 밤 10시경에는 반드시 집으로 돌아갔다. 나는 수시로 그녀를 집까지 데려다 주었다. 헤어 질 때 자동차 안에서 키스를 하려고 하자 아버지를 만난 다음이라야 하겠다면서 거절했다. 그 뒤로도 몇 번이고 아버지를 만나러 가자고 했지만, 결국 만나지 못하고 끝나버리고 말았다.

그러나 볼썽사납게 헤어진 것은 아니었다.

요코하마로 시집갔다는 소식을 바람결에 들었다. 설마 벌써 오지는 않았겠지 하는 지레짐작에 마음을 단단히 먹고 집안으로 들어갔다.

그녀는 눈에 띄지 않았다. 가슴을 쓸어내리면서 염습을 시작했다.

이미 상당한 경험을 쌓았던지라 누가 보더라도 프로로 여길 만큼 솜씨 있게 처리해 나갔다. 하지만 땀만은 어쩔 수 없었다. 맨 처음 이 일을 맡았을 때와 마찬가지로, 시신을 향하여 작업을 시작하는 순간 이내 내 얼굴에 땀이 맺히기 시작했다.

이마의 땀방울이 떨어질 것 같았던지라 흰옷 소매로 이마를 닦으려는 순간, 어느 결에 옆에 앉아 있었던지 땀을 닦아주는 여인이 있었다.

맑고 커다란 눈동자 가득 눈물이 그렁그렁한 그녀였다. 작업이 끝날 때까지 곁에 앉아 내 얼굴의 땀을 닦아주었다.

돌아가려고 하자 그녀의 남동생이지 싶은 상주가 두 손

을 방바닥에 짚고 정중하게 인사를 했다. 그 뒤쪽에 서서 나를 바라보는 그녀의 눈이 무언가 수많은 이야기를 던지는 것 같았다.

자동차에 오른 뒤에도 눈물이 그득한 그녀의 눈동자가 뇌리에서 사라지지 않았다.

그토록 자신의 아버지를 만나달라고 애원하던 그녀였다. 틀림없이 아버지를 무척 사랑했을 것이고, 또 사랑을 받았으리라. 그런 아버지가 돌아가신 슬픔 속에, 시신을 염습하는 나를 발견한 놀라움은 짐작하고도 남는 일이었다.

그렇지만 그 놀람과 눈물의 깊숙한 곳에 무엇인가가 있었다.

내 곁에 기대듯이 앉아 계속 땀을 닦아주던 행위도, 예사로운 차원의 행위가 아니었다. 그녀의 남편이나 친척들이 죄다 쳐다보는 가운데에서의 행위였다.

경멸이나 서글픔이나 동정 따위는 털끝만큼도 없는, 남자와 여자의 관계를 초월한 무언가를 느꼈다.

내 모든 존재가 있는 그대로 인정을 받은 것처럼 여겨졌다. 그렇게 여기니 한없이 기뻤다. 이 일을 계속 이대로 해나갈 수 있을 것 같은 기분이 들었다.

*

직업에 귀천은 없다. 아무리 그리 생각해도 죽음 그 자체를 터부시하는 현실이 있는 한, 장의사나 화장장 사람들은 비참하다.

예전에 광대라고 불리면서 멸시당하던 연예계 사람들이 지금은 스타로 대접받는다. 사농공상(士農工商)이라 말해지던 시절의 장사꾼(商)이 정치까지 주무르는 '경제인'으로 바뀌었다. 그렇게까지는 올라가지 못하더라도, 적어도 사회로부터 백안시되지 않는 정도의 직업이 될 수는 없는 노릇일까?

아마도 사람이 죽어 장례를 치르는 행위는 앞으로도 인류가 멸망하지 않는 한, 형태가 바뀌더라도 이어져갈 것이다. 만약 그렇다고 한다면, 무슨 수를 내긴 내야 하리라.

자신의 아버지와 어머니가, 평소 비천하게 여기던 사람의 신세를 지면서 인생의 최후를 마감한다는 것은 어딘가 앞뒤가 맞지 않는 이야기가 아닌가?

과거 어느 시대에서는 인간을 구원해주는 직업으로 존경받던 스님도, 장례식에 깊숙이 관여하는 탓으로 '장례 승려'라고 깔보는 것이 오늘 이 시절의 사회 풍조가 되었다.

그런 것을 홀로 고민해보았자 마음만 점점 침울해질 따름이다.

　숙부로부터 친족의 수치라는 욕을 먹었을 때에도 그런 기분이 들지는 않았으나, 친구들이 자꾸만 멀어져 간다는 사실이 왠지 너무 서글펐다.

　도산이란 참으로 잔혹하다. 개미 떼가 흩어지듯이 다들 뿔뿔이 흩어진다. 더군다나 내가 이제 남의 시신을 닦아주고 있는 모양이라는 소식을 듣는다면, 친구들이 나와 소원해지는 것도 무리는 아니리라.

　그보다도 나 자신이 남의 눈길을 의식하게끔 되어 버렸다. 그런 기분이 가급적 남과 만나는 것을 피하게 만들었고, 스스로를 비하하며 번민의 나날을 보내기에 이르렀다.

　소설을 써보자는 의욕도 사라져 버렸으며, 빈 칸을 메워가던 원고지도 쓰레기와 더불어 처분해 버렸다.

　그러나 그날로부터 모든 것이 달라졌다.

　그 슬픔과 놀람의 아름다운 눈동자 깊숙한 곳에서 본 무언가가, 모든 것을 해결해 주었다.

　사람의 마음이란 참으로 미덥지 못하다.

　남을 원망하고, 사회를 원망하고, 자신의 불우한 처지를 원망하고, 모든 것이 남들 탓이라고 여기던 인간이, 자신을 통째로 인정해주는 누군가가 이 세상에 있다는 사실을 안 것만으로도 살아갈 수 있다.

그리고 사상이 완전히 변한다.

죽음을 터부시하는 사회 통념을 운운하면서, 자신도 그 사회 통념의 연장선상에 있다는 사실을 깨닫지 못했다.

사회 통념을 바꾸고 싶다면 자신의 마음부터 바꾸어야 할 것이다.

마음이 바뀌면 행동이 바뀐다.

서둘러 의료기구 판매점으로 달려가 외과 의사들이 사용하는 수술용 의복과 마스크, 얇은 고무장갑 등을 사왔다.

옷차림을 똑바로 하고, 예의와 예절에도 신경을 쓰고, 자신감을 갖고 당당하고 진지한 태도로 염습과 입관을 하도록 애썼다. 이제 철저히 사전에도 나오지 않는 용어인 '납관부(納棺夫)'가 되었던 것이다.

그러자 주위의 시선에도 변화가 생겨났다.

어제의 상가는 산기슭의 농가였는데, 입관을 마치고 권하는 대로 차를 마시고 있으려니까 이제 막 입관한 죽은 이보다 더 나이가 든 노파가 다다미를 기듯이 다가와 이렇게 부탁하는 게 아닌가.

"선생님, 내가 죽으면 선생님이 다시 한 번 와주실 수 없겠습니까?"

노파의 표정은 진지하기 이를 데 없었다.

선생님이라는 호칭도 거북했지만, 이런 약속 자체도 여간 곤혹스럽지 않다. 장의사로서 '지명 예약'이 아닌가. 그렇지만 솔직히 기분이 나쁘지는 않았다.

"아, 그럼요. 그렇게 하고말고요!"

내 대답에 노파가 환하게 웃었다.

오늘도 그랬다. 입관을 마치고 스님의 대기실로 안내받아 함께 차를 마시려니까 스님이 불쑥 이렇게 물었다.

"아까부터 쭉 지켜보았는데, 당신은 정말 대단해. 우리들 승려도 배우지 않으면 안 되겠어. 그런데 당신은 어느 의과대학을 졸업했소이까?"

너무나 느닷없는 질문이라 쩔쩔 매고 있는 참에 쓰야 준비가 갖추어졌다는 전갈이 와 대화가 중단되었다. 어째서 의과대학을 나왔다고 여기는지 알 수 없었지만, 과거와 같은 고리타분한 입관의 이미지를 풍기지 않았다는 사실만큼은 확실했다.

마음이 바뀌고 시점이 바뀌면서 지금까지 알아차리지 못했던 것에 신경이 쓰였다.

업무 사정상 화장장의 사람들이나 장의사와 승려들과 만

나면서, 그들에게 치명적인 문제가 있음을 깨달았다.

죽음이라는 것과 항상 마주하고 있으면서, 죽음으로부터 눈길을 돌리고 일을 하는 것이었다.

스스로의 직업을 비하하고, 자신이 관여한다는 사실 자체에 열등감을 품고, 오로지 돈에만 얽매이는 자세에서는 언감생심, 직업의 사회적 지위 따위를 어떻게 바랄 것인가? 그러면서 사회가 차가운 눈길을 던지는 것을 몽땅 사회의 잘못으로 치고, 사회를 원망하기만 한다.

자신이 관여하는 일의 본질에서 눈을 돌린다면, 설사 그 일을 잘 해내더라도 남들로부터 신뢰받는 직업이 될 리가 없다.

싫은 일이지만 돈이 되니까 한다는 생각이 바탕에 깔려 있는 이상, 그것이 어떤 일이든 세상의 경멸을 면하기 어려우리라.

*

일기를 그럴싸하게 적어 스스로를 납득시키려 해보았으나 현실은 그리 녹록하지가 않았다.

어느 새 아내도 내가 하는 일의 내용을 알아차렸다. 알면서도 가슴 속에 품은 채 끙끙 앓고 있었던 듯하다.

어젯밤 잠자리를 함께 하려 했으나 거절당했다. 현재 하고 있는 일을 그만두지 않는 한 싫다고 했다. 서로 이런저런 대화를 나누어 보았으나 허사였다. 아내는 급기야 아이들의 장래를 생각해 달라면서 울음을 터뜨렸다.

가까운 시일 내에 무슨 수를 내보겠다고 은근슬쩍 말꼬리를 흐린 뒤 다시 아내에게 다가갔다.

"더러워, 가까이 오지 마!"

아내가 히스테릭하게 고함을 지르면서 질겁했다.

부아가 치밀어 좀처럼 잠을 이룰 수 없었다.

특히 '더럽다'는 표현에 너무 화가 났다. 과거에도 마찬가지로 "더러워, 가까이 오지 마!"라고 거절당한 적이 있긴 했다. 하지만 당시에는 내가 바람을 피운 것이 들통났던 탓이어서 그랬는지 화도 나지 않았고, 그다지 거슬리지도 않았다.

그러나 어젯밤 아내가 외친 '더럽다'는 말에서는 날카로운 칼로 푹 찔린 것 같은 충격을 받았다.

말 한 마디에 충격과 분노를 느꼈다는 것은, 자신이 가장 신경 쓰는 부분을 건드렸다는 뜻이다. 사람들은 평소 내심 신경이 쓰이던 것을 누군가가 드러내놓고 비난할 경우, 피가 거꾸로 치솟을 만큼 분노를 느끼기 마련이다.

특히 인간 존재의 심연을 도려내는 것 같은 언어의 경우, 가장 격심한 반응을 드러내게 된다. 그것은 숭고한 '사상'이나 '말씀'이 아니라 신체의 일부가 되어 버린, 민족과 부족의 사회 통념에 뿌리를 둔 '비속한 언어'의 경우가 많다. 그 한 마디에 의해 때로는 살인이나 전쟁으로까지 발전하는 일마저 있다.

바로 이 '더럽다'는 단어야말로 고대사회로부터 오늘에 이르기까지, 여하한 사상이나 이문화(異文化)가 이 섬나라에 유입되어 와도 결코 사라지는 법이 없었다. 그것은 일본 민족의 마음의 심층부에 뙤리를 틀고 줄기차게 살아서 전해 내려왔다. 그것은 마치 생물의 염색체에 주입한 유전자 정보와 흡사하게 우리에게 확실하고 변함없이 이어지고 있는 것이다.

오리구치 노부오(折口信夫)와 야나기타 구니오(柳田國男)를 비롯한 일본의 민속학자들이 지적했듯이, 일본 각지의 풍속 습관이나 관혼상제의 의례(儀禮) 문화를 더듬어 가노라면 최종적으로는 '케가레'(穢れ, 더럽고 불결함)와 '하레'(晴れ, 맑고 깨끗함)라는 아메바와 같은 원시적인 사상에 도달하게 된다.

'케가레'의 내용은 이미 고대의 『엔기시키(延喜式)』[7] 가운데 자세히 규정되어 있다. 그 중에서도 특히 '시에(死穢)'와 '게쓰에(血穢)'를 '케가레'의 으뜸으로 쳐왔다.

'시에'란 죽음(死)과 사자(死者)를 부정(不淨)한 것으로 규정하여, 죽음과 사자에 얽힌 모든 것을 부정하다고 본다. 또한 '게쓰에'는 상처로 인해 피가 나는 것을 의미하기도 하지만, 그보다는 여자의 출혈(月經)이 더럽다는 점을 강조하는 뜻으로 쓰였다. 그 바람에 마침내 여성 자체가 더러운 존재로 인식되어 오기도 했다.

또한 오늘날에도 분뇨를 가리켜 '오와이(汚穢)'라고 말하는 지방이 있거나, 변소를 '고후죠(御不淨)'로 적는 곳도 있다. 이처럼 분뇨 역시 '케가레'의 대상이었다.

이 같은 '케가레'로부터 벗어나는 것이 사람들의 최대 관심사였다. 그래서 보이지 않도록 멀리하거나, 선을 그어 격리시키기도 했다. 더러 여인 금제(禁制)를 도입하기도 하는 등 온갖 노력을 다 했던 것이다.

하지만 아무리 해도 격리하거나 멀리 할 수 없는 경우가

*─────
7) 『엔기시키(延喜式)』: 10세기 초에 편찬된 율령의 시행 세칙으로 약 3,300항목으로 구성되었다. 당시의 연호가 엔기였기 때문에 엔기시키로 불린다. ─옮긴이

있다. 그럴 때에는 부정이나 '케가레'를 정화(淨化)하는 의식으로서 '오하라이(お祓い)'8)나 '키요메(淸め)'9)를 행하여 순간적으로 '하레'로 전환시킨다.

이와 같은 '케가레'와 '하레'의 관계에서 나온 습속으로 인해, 일본 씨름 '스모'의 씨름판인 도효(土俵) 위로는 여성이 올라가지 못하게 하는 전통이 생겨났다. 또 일본 불교 천태종의 총본산이 자리한 히에이잔(比叡山)은 물론이거니와, 최고 명산으로 꼽는 후지산(富士山)이나 다테야마(立山) 등도 영산(靈山)이라고 하여 오랫동안 여성들은 오르고 싶어도 오를 수 없는 여성 금제구역이었다.

사람이 죽으면 '기중(忌中)'이라는 종이를 써 붙이고, 화장장에서 돌아오면 '키요메'의 소금을 뿌린다. 이 역시 '케가레'와 '하레'에서 파생된 사례이다.

왜 하필 소금으로 '키요메'를 하느냐는 질문에 대해 『고지키(古事記)』10)에 나오는 신화에 따른 것이라는 설이 있다.

*————
8) 오하라이(お祓い) : 소금을 뿌리는 등의 액막이를 뜻함. —옮긴이
9) 키요메(淸め) : 부정한 것을 씻어냄으로써 청정하고 신성한 상태로 바뀌는 것을 뜻함. —옮긴이
10) 『고지키(古事記)』 : 서기 712년에 편찬된 일본에서 가장 오래된 역사서. 3권으로 엮어졌으며 신화가 주를 이룬다. —옮긴이

그것은 '이자나기노미코토' 11)가 황천(黃泉, 죽음)에서 이 세상으로 돌아왔을 때, 황천이 부정한 세계였다고 고한 다음 더럽혀진 몸을 바닷물로 씻었다는 것이다. 모든 것이 이 『고지키(古事記)』의 기술(記述)에 의해 바닷물을 소금과 물로 나눈 형태로 오늘날까지 천 년이 넘도록 계승하고 있다.

스모 경기장에서 쓰는 소금과 물, 장례에서 쓰는 소금과 물이 모두 '케가레'를 '하레'로 전환시키는 소도구로서 일본 신도(神道)의 여러 행사와 더불어 지금까지 엄연히 살아남은 것이다.

이처럼 그 뿌리가 깊다 보니 이치를 따져 해결될 문제가 아니다.

나는 '더럽다'고 아내로부터 야멸차게 거절당한 뒤, 잠들지 못한 채 케케묵은 옛날 책들을 이리저리 뒤적거리고 있었다.

*

*─────

11) 이자나기노미코토 : 처음으로 일본 땅을 다스렸다는 남신(男神).
　　─옮긴이

드디어 진눈깨비가 내렸다.

산의 단풍은 산꼭대기에서 내려오는 하얀 눈더미에 뒷덜미를 잡히지 않으려는 듯이 일정한 거리를 유지하면서 산기슭을 향해 달려내려온다.

그러면 산기슭 농가의 감나무 잎이 떨어지기 시작하고, 가지 끝에 빨갛게 익은 감이 홀로 남을 무렵이면 진눈깨비가 내리기 시작하는 것이다.

진눈깨비가 내리는 계절이 오면, 마을 여기저기에 연어가 일제히 매달린다.

어물전 처마 끝에 일렬로 늘어서기도 하고, 어물전 앞 플라타너스 가로수에 걸친 장대에 매달리기도 한다.

아가미에 새끼줄이 끼워진 연어는 커다란 입을 벌린 채 촉촉하게 젖은 눈으로 하늘을 올려다본다.

하늘에는 다테야마 연봉(連峰)에 가로막힌 비구름이 서로 뒤엉켜 낮게 깔린 채 꼼짝달싹하지 않는다.

납(鉛) 색깔의 하늘에서는 끊임없이 진눈깨비가 떨어져 내린다. 이처럼 진눈깨비에 젖은 차가운 흑백 풍경이야말로 이 지방 특유의 풍경이라 할 수 있다.

기상이 풍토의 모습을 만들어 간다. 산에 눈이 내리는 것이 아니라 눈이 산을 만들어 간다.

진눈깨비가 오기 시작하면 이 지방 사람들은 겨울이 왔음을 실감한다. 어떤 해에는 11월 하순부터 12월 하순까지 진눈깨비가 올 때가 있다. 일본의 다른 지방에는 없는 '진눈깨비의 계절'이 있는 것이다.

'진눈깨비'라는 단어는 영어에는 눈에 띄지 않는다. sleet라는 단어가 사전에 있긴 하지만, 그것은 '얼어붙은 비(凍雨)'라는 뜻이다. 비도 아니고 그렇다고 해서 눈도 아닌 진눈깨비 현상을 가리키는 용어는 아닌 것이다. 요컨대 영어권에서는 진눈깨비처럼 비도 아니고 눈도 아닌 애매한 사상(事象)은 용어로서 정착되어 있지 않은 것이리라. 시시각각 변화해 가는 현상을 언어로 나타내는 일이 영어권 사람들로서는 여간 고역이 아닌 모양이다.

그것은 생사를 드러낼 때에도 마찬가지라고 할 수 있다. 서양의 사상으로는 생이 아니면 사이지 '생사'라는 관념은 없다.

그 점 동양사상, 특히 불교는 생사를 일체로 여겨왔다. 생과 사의 관계를 진눈깨비 가운데의 비와 눈의 관계처럼 바라보자면, '생사일여(生死一如)'='진눈깨비'인 셈이다. 그것을 비와 눈으로 구분하면 이미 진눈깨비가 아니라는 관념이다.

그러나 진눈깨비도 그 때 그 때의 기온에 의해 비와 눈의 비율이 변화하는 것처럼, 생사(生死)에서의 생과 사의 비율 역시 그 시대 배경에 따라 좌우되어 왔다. 예컨대 전란으로 날이 새고 날이 지던 시절이라든지, 대기근이나 역병(疫病)이 만연한 시대에는 사(死)가 차지하는 비율이 높았다. 그리고 사가 차지하는 비율이 높은 시대에는 수시로 사를 입에 올리며, 때로는 사를 미화하는 경향이 있었다. 오늘날과 같이 일상생활 중이나 사상 가운데 사가 눈에 띄지 않는 듯한 생의 시대에는, 사를 패배이자 악으로 간주하는 경향이 있다.

죽음을 기피해야만 할 악으로 인식하고 생에 절대적 가치를 부여하는 오늘의 불행은, 누구나 반드시 죽는다는 사실 앞에서 절망적인 모순에 직면하게 된다.

친척이나 지인 등 평소 가까운 타자(他者)의 죽음을 대하더라도 일시적인 애석함이 느껴질 뿐이다. 평소 자신의 마음 속에서 죽음을 인지하지 않는 탓에 타자의 죽음은 타자의 죽음일 따름인 것이다. 타인의 죽음은 불교에서 말하는 기연(機緣)에 이르지는 못한다.

예를 들어 "……아침에는 홍안(紅顔)이던 것이 저녁에는 백골(白骨)이 될 신세……"라던 렌뇨(蓮如)[12]가 쓴 「백골의

장(章)」을 읽어주어도 대다수의 사람들은 놀라지도 않게 되어 버렸다.

기존의 종교는 시대의 변화를 좇아가지 못하는 모양이다. 인생의 사고(四苦)인 생로병사를 해결하는 것이 본래의 목적이었을 불교가, 사후의 장의나 법요 쪽으로만 시선을 돌려 목적을 잃은 채 교조적인 설교만 되풀이하고 있는 실정이다.

그렇지만 그런 승려들과는 관계없이 진눈깨비가 내리는 가운데 무를 씻고 있는 이 지방의 노파는, 나뭇가지에 남은 잎사귀가 하나씩 떨어질 때마다 '나무아미타불'을 흥얼거린다.

*

오늘도 진눈깨비가 내리고 있다.

진눈깨비를 보면 미야자와 겐지(宮澤賢治)[13]의 진눈깨비

*————
12) 렌뇨(蓮如) : 무로마치(室町) 시대인 1415년에 태어나 1499년에 입적한 정토진종(淨土眞宗)의 승려. 정토진종을 크게 부흥시켜 본산인 혼간지(本願寺)의 위명을 널리 퍼뜨렸다. —옮긴이

시를 떠올리게 된다.

오늘 중에
멀리 떠나갈 나의 누이여
진눈깨비가 내려 바같이 묘하게 밝구나.
　　(진눈깨비를 떠다 주세요.)
발그스름하여 한층 음침한 구름에서
진눈깨비가 추적추적 흩날린다.
　　(진눈깨비를 떠다 주세요.)
푸른 순채(蓴菜, 순나물)와 같은 모양이 그려진
두 개의 이 빠진 도기 그릇에
네가 먹을 진눈깨비를 떠 오려고
나는 쏜살같이
어두컴컴한 진눈깨비 속으로 뛰쳐나갔다.
　　(진눈깨비를 떠다 주세요)
잿빛의 어두운 구름으로부터

*————
13) 미야자와 겐지(宮澤賢治) : 1896년-1933년. 시인이자 동화작가이
　　며 과학자이기도 함. 불교에 심취하여 포교활동을 하는 한편으
　　로 시와 동화를 썼음. 생시에는 문단에 두각을 드러내지 못하다
　　가 사후에 전집이 출간되면서 큰 평가를 받음. ―옮긴이

진눈깨비가 추적추적 흩날린다.

아, 도시코여

죽음을 앞둔 이제 와서도

나를 평생 기쁘게 해주려고

이런 산뜻한 눈 한 그릇을

너는 나에게 부탁한 것이다.

고맙다, 내 다정한 누이여

나도 곧장 나아갈 테니까

　　(진눈깨비를 떠다 주세요)

너무나 뜨거운 열이 나서 신음하면서

너는 나에게 부탁했다.

은하나 태양, 그리고 대기권이라 불리는 세계의

하늘에서 내린 눈의 마지막 한 그릇을……

……두 덩어리의 매끈한 돌 위에

진눈깨비가 서글프게 쌓여 있다.

나는 그 위에 위태롭게 서서

눈과 물의 새하얀 두 상태를 지닌 채

투명하고 찬 물방울이 가득 매달린

이 반질반질한 소나무 가지에서

내 상냥한 누이의

마지막 음식을 떠가자.

우리가 함께 자라오는 동안

눈에 익은 밥그릇의 쪽빛 무늬에도

이제 오늘 너는 떠나려 한다.

(Ora Orade Shitori egumo *나 역시 홀로 가려오)

정말이지 오늘 너는 떠나려 한다.

아, 닫힌 병실의

어두운 병풍이나 모기장 속에서

부드럽고 창백하게 불타오르는

내 다정한 누이여

이 눈의 어디를 고르더라도

어디나 너무도 새하얗다.

저토록 무시무시하게 흐린 하늘에서

이 아름다운 눈이 내려왔다.

    (다시 인간으로 태어날 때는

    이렇게 자신의 일만으로

    괴로워하지 않도록 태어나리라.)

네가 먹을 이 두 그릇의 눈에

나는 지금 진심으로 기도드린다.

부디 이것이 천상의 아이스크림이 되어

너와 모든 이들에게 성스러운 양식을 안겨주도록

내 모든 행운을 걸어 바라노라.

— 「영결(永訣)의 아침」(미야자와 겐지)

이 시를 읽노라면 언제나 몸이 부르르 떨린다.

슬프도록 아름답기 때문만이 아니라, 진눈깨비와 더불어 자라난 나에게는 진눈깨비의 냉기와 냄새 없는 냄새마저 전해오기 때문이다.

가장 사랑하던 누이 도시코의 죽음은 겐지로 하여금 하룻밤에 「영결의 아침」 「소나무의 바늘(針)」 「무성 통곡(無聲慟哭)」 등 일련의 만가(輓歌)를 짓게 만들었다.

불심 깊은 신자이자 시인이었던 겐지의 시점(視點)은 한없이 죽음 가까이 이동하여, 투명한 진눈깨비를 통하여 자비의 빛으로 충만한 아름다운 작품을 낳았다.

눈도 아니고 비도 아닌, 손으로 쥐면 물이 되어 버리고 마는 진눈깨비.

하늘에서 떨어지는 그 순간, 순간을 필름의 한 토막처럼 정지시켜 본다면, 눈이기도 했다가 비이기도 했다가 물이기도 하는 것이지만, 그것을 시간 속에 넣으면 끊임없이 변화해 가는 상태가 된다.

이런 변화를 무상(無常)이라는 단어로 표현하며, 세상의 모든 사상(事象)이 잠시도 멈추지 않고 변화해 가는 것을 제행무상(諸行無常)이라고 한다. 특히 일본 민족은 사계(四季)의 변화와 인간의 생사를 쉬 바뀌는 것, 덧없는 것으로 받아들여 아름답게 표현해 왔다.

그러나 '생'에만 가치를 두는 오늘의 우리는, 자신만은 바뀌지 않는다는 아집으로 인해 이 '무상(無常)'이라는 단어조차 사어(死語)에 가까운 상태가 되어 버렸다.

봄의 신록은 아름답다. 가을의 단풍도 아름답다. 겨울의 나무숲 역시 아름답다.

하지만 똑같은 그 눈에 청춘은 아름다우나 늙음은 추악하며, 죽음은 기피해야 할 것으로 비친다. 아집의 눈에는 진눈깨비도 어둡고 암울하다.

그렇지만 겐지의 눈에는 진눈깨비도, 죽음도, 투명하고 아름답게 비치고 있었다.

제2장

이런 죽음, 저런 죽음

나는 어느 결에 시신 처리의 전문가처럼 소문이 났다. 얼토당토않은 시신의 경우, 빨리 '그 자'를 불러오라고 하는 모양이었다. 그 바람에 여러 곳으로 불려 다녔다.

이제는 현장에까지 가지 않더라도 장소가 어딘지 듣기만 해도 시신의 상태를 짐작할 수 있게 되었다.

전철 선로나 건널목의 경우는 차에 치인 시신이며, 항구나 해안이라면 물에 빠져 죽은 경우인 것이다. 그래서 대충 짐작 가는 대로 그 시신의 상황에 따른 도구를 준비하여 현장으로 출발한다.

일반적인 교통사고 시신의 경우에는 구급차로 병원에 옮기는 것이 대부분이다. 그런데 현장으로 관을 보내어 입관 처리하는 것은 경찰의 검시가 필요한 이상 상태의 시신인 경우가 흔하다.

오늘도 경찰로부터 관을 준비해 오라는 연락을 받았다. 행선지가 해안이었으므로 익사체라고 짐작하며 현지로 향했다.

저녁 무렵이었다. 현지에 다가가자 순찰차의 붉은 경광등이 번쩍이고 있었다. 해안의 소나무 숲속이었다. 거기에 한 대의 자동차가 서 있었고, 그 주변에 경찰관이 있었다. 직감적으로 배기가스 자살임에 분명하다고 단정했다. 배기가스 자살 시신은 발견이 빠르면 시신 중에서 가장 아름답다. 그러나 여름철에 오랫동안 발견되지 않은 경우에는 손댈 수조차 없을 지경의 부패 시신으로 변해버린다.

자동차 곁에 관을 내려놓자 순찰차의 경찰관이 다가와 위쪽을 가리켰다. 소나무 가지에 목을 매단 시신이 대롱거리고 있었다.

이럴 경우 관이 도착하기 전에 검시가 끝나서 모포 같은 것으로 시신을 덮어두는 것이 보통이었다. 그런데 감식요원보다 내가 먼저 도착한 모양이었다. 한참 지나자 사다리를 실은 경찰의 왜건 차량이 도착했다.

누구든지 이런 시신에는 손대기를 꺼린다.

하지만 누군가가 하지 않으면 안 된다. 그리고 마지막에 정신을 차리고 보면 그 같은 시신에 손을 대는 사람은 항상 똑같은 얼굴일 경우가 허다하다.

젊은 경찰관들은 고무장갑을 끼거나 마스크를 하곤 한다. 그렇지만 결국에는 회중전등으로 비추기만 할 뿐 시신에는 손을 대는 법이 없다.

며칠 전에도 달리는 전철에 뛰어들어 자살한 시신이 있었다. 현장에서 비닐주머니를 들고 흩어진 시신을 수습한 것은 경찰 감식계의 베테랑인 S씨와 나였다. 두개골이 산산조각나 침목 사이에 뇌가 여기저기 흩어져 있는 것을 나뭇가지를 꺾어 젓가락 대신으로 삼아 주워 담은 사람은 우리 둘뿐이었던 것이다.

하기야 이런 일까지 하지 않아도 아무 상관이 없다. 관을 가져가는 것과, 입관 상태로 대학의 법의학교실 등지로 운반하는 작업만 마무리지어도 그만인 것이다. 하지만 현장에 가면 어쩐지 나도 모르게 손이 나가기 일쑤다.

*

심야 1시. 회사의 당직자로부터 전화가 걸려왔는데 관이 폭발했다고 한다. 그러니 즉시 가봐 달라는 것이었다.

어제 저녁 무렵에 입관한 집이었다. 그 집 앞으로 가니 집안에 온통 불을 밝혀 놓았고, 사람들이 길가로 나와 웅성 거리고 있었다.

"어떻게 된 것입니까?" 하고 물어보니 "관이 폭발했다" 며 흥분했다.

어찌 그런 일이 생길 수 있을까 고개를 갸웃거리며 제단 이 놓인 방을 들여다보았더니 제단을 장식한 꽃과 장의 용 구들이 마구 흩어져 있었다. 제단으로 가까이 가서 보니 분 명히 관이 폭발한 것처럼 부서졌고, 시신의 손이 깨진 관의 틈으로 나와 있었다.

지독한 냄새가 났다. 토할 것처럼 속이 울렁거렸으나 꾹 참고 자세히 살피니 관에 접착테이프가 친친 감겨 있었다.

원인은 접착테이프에 있었다. 쓰야를 할 때 시신이 풍기 는 냄새가 너무 지독했던지라 관의 빈틈을 막으려고 접착 테이프로 완전히 밀봉해버렸던 것이다. 그로 인해 시신에 서 나는 가스와 드라이아이스가 기화하여 발생하는 가스가 관 안에 가득 차 폭발한 것이었다.

새벽 2시였지만 도리 없이 새로 입관을 해야 했다.

해수욕장에서 물에 빠진 아들을 구하려다 익사한 아버지 의 시신이었다.

아들은 살아났지만 본인은 행방불명되었다가 한 달여 뒤

에 멀리 떨어진 해변에 떠밀려 올라왔다. 엄청나게 부패한 익사체로, 얼굴조차 알아보지 못할 상태였다.

도쿄에서 달려온 대학생으로 여겨지는 큰딸이 "아빠, 아빠!" 하고 울부짖으면서 관 뚜껑을 열어달라고 졸랐다. 처음에는 안 보는 게 낫다고 설득하던 어머니도 미친 듯이 관에 매달리는 큰딸에게 압도되었는지 보여주라고 나에게 말했다.

관의 뚜껑을 열자마자 딸은 얼른 시신을 들여다보더니 "이를 어째, 이를 어째!" 하면서 그 자리에 털썩 주저앉았다. 어제 저녁의 일이었다.

새로운 관을 가져와 바꾸어 넣고 제단을 간단하게 손본 다음 "날이 밝으면 곧장 담당자를 보내겠다"고 이야기한 뒤 돌아왔다.

바깥으로 나와 보니 어슴푸레 날이 새고 있었다.

귀가하면서 자동차를 운전하는데도 냄새에 신경이 쓰였다. 집에 도착하자 샤워기로 머리 꼭대기로부터 물을 퍼부었다. 그리고 내복도 모조리 갈아입고 잠자리에 들었으나 그래도 냄새가 남아 있는 것 같은 기분이 들어 찝찝하기 이를 데 없었다.

잠시라도 눈을 붙이려 했으나 냄새에 자꾸만 신경이 쓰

여 좀처럼 잠이 오지 않았다.

한참 뒤척이다가 퍼뜩 뇌리를 스치는 것이 있었다. 코털일지 모른다는 의심이 들었던 것이다. 코털을 뽑고 나서 말끔히 잘라내니 아니나다를까, 냄새가 나지 않았다.

*

오늘도 이상한 현장과 마주쳤다.

경찰로부터 관을 가져오라는 연락을 받고 갔더니 낡은 단층집 앞에 경찰관과 이웃 사람으로 여겨지는 이들이 웅성거리고 있었다.

현관과 창문이 전부 활짝 열려 있었다.

무슨 일인가 하고 물어보았더니 시신이 너무나 처참하여 아무도 안으로 들어가지 못하게 막는다고 했다. 홀로 사는 노인이 죽었는데, 몇 달 동안이나 아무도 눈치채지 못한 모양이었다.

열린 창문을 통해 방을 들여다보았다. 방 한복판에 이불이 놓여 있었다. 그 안에 시신이 있는 것 같았다.

눈에 착시 현상이 생긴 것인지 약간 부풀어오른 이불이 움직이는 것처럼 여겨졌다. 아니 그보다도 방안에 콩을 뿌려놓은 듯 하얀 것들이 눈에 띄어 몹시 거슬렸다.

자세히 살피니 그것은 구더기였다. 구더기가 이불 속에서 기어 나와 온 방안에 퍼졌고, 심지어는 복도에까지 기어 다니고 있었다.

등줄기가 오싹해졌다. 곁에 있던 젊은 경찰관에게 어떻게 하겠느냐고 물었더니 잔뜩 인상을 찌푸리면서 어떻게 할까요? 하고 되물어 왔다. 무슨 수를 써서든 입관은 해야 했다. 순찰차의 무선을 이용하여 빗자루와 쓰레받기, 비닐로 만든 시신용 주머니 등을 보내주도록 회사에 연락을 취했다.

여하튼 구더기를 처치하지 않고서는 가까이 갈 수도 없었다.

우선 현관과 복도에까지 나와 기어다니는 구더기들을 쓸어 담았다. 이불 옆에 관을 내려놓을 수 있는 상태로 만들기까지 1시간 가량 걸렸다.

관을 내려놓고 이불을 벗긴 순간 움찔하고 말았다. 내 뒤에 섰던 경찰관은 얼굴을 돌리며 뒷걸음질쳤고, 빗자루를 가져왔던 회사 직원은 허겁지겁 집 바깥으로 뛰쳐나가 버렸다.

수많은 구더기들이 몸에서 파도를 치듯이 꿈틀거리고 있

었기 때문이다.

경찰관과 함께 요의 끝자락을 붙잡고 시신을 관 속으로 그대로 담을 수밖에 도리가 없었다. 관이 대학의 법의학교실로 떠난 다음에도 구더기를 잡았다. 구더기만 남게 되자 이웃의 아주머니가 빗자루와 쓰레받기를 들고 와 나를 도와주었다. 그리고 이웃에 살면서 알아차리지 못한 것을 열심히 변명했다. 예전에도 병원에 입원한 적이 있었던지라 또다시 입원한 것으로 여겼다느니, 도쿄에 양자로 들인 아들 부부가 있으니까 거기로 간 것으로 여겼다느니 하면서 구더기를 잡았다.

구더기 청소까지 하지 않아도 상관이 없었겠지만, 이 집에서 장례를 치를지도 모를 일이라 끝까지 구더기를 쓸어 모았다.

구더기를 쓸어 담는 사이에 한 마리 한 마리의 구더기가 또렷하게 눈에 들어왔다. 그리고 구더기들이 붙잡히지 않으려고 필사적으로 달아나려 한다는 사실을 알아차렸다. 기둥을 기어올라 달아나려는 녀석마저 있었다.

구더기도 생명인 것이다. 그렇게 생각하자 구더기들이 빛이 나는 것 같았다.

＊

인간은 누구나 죽을 때에는 아름다운 죽음을 맞고 싶어 한다. 그러나 아름다운 죽음이 어떤 것인지 분명치 않다.

고통을 당하지 않고 죽는 것인지, 다른 사람에게 폐를 끼치지 않고 죽는 것인지, 사후의 육체가 아름다운 것인지, 멋지게 죽는 것인지, 그 어떤 상태를 가리키는지 명확하지가 않다.

죽는 방식인지 사후의 시신 상태인지 그 구별조차 애매한 것이다. 하물며 시신의 처리 방법까지 죽음의 이미지와 이어지면 점점 더 헷갈리게 된다.

이 지역에 의과대학을 설립할 때, 추진위원이었던 해부학 전문의 M교수와 시신 기증운동을 통해 친해졌다. 당시 M교수는 의과대학 개설 기준을 충족시키는 일정 수의 시신 기증 등록을 목표로 하여 밤낮으로 노력을 마다 않았다.

내가 소개한 분이 시신 기증을 등록한 어느 날 M교수가 이렇게 말했다.

"고마워, 그런데 자네! 이걸 어떻게 생각하나? 현재 시신을 기증하겠다고 등록한 사람의 50퍼센트가 크리스천이야. 크리스천은 이 지역 전체 주민의 1퍼센트도 되지 않아.

'내가 눈감으면 가모강(賀茂川)에 넣어 물고기에게 주도록 하라' 고 말한 이가 신란(親鸞)[1] 아닌가? 바로 그 신란의 정 토진종 신도가 80퍼센트를 차지하는 게 이 지역이지 않나 말이네!'

M교수는 학자답게 수치를 들먹이면서 열변을 토했다.

훗날 시신 기증 등록을 한 분이 돌아가셔서 장례 절차를 의논하느라 찾아갔을 때의 일이다. 고인이 시신 기증을 서 약했는데 어떻게 하면 좋겠느냐고 유족이 나에게 물었다. 한밤중이긴 했으나 M교수에게 전화를 걸었더니 택시를 타 고 부랴부랴 달려왔다. 그리고 장례는 일반적인 법식대로 하면 된다는 것과, 단지 출관할 때 영구차가 화장장으로 가 는 게 아니라 대학으로 오도록 해야 한다는 것, 3년 뒤에 화 장하여 유골을 돌려준다는 것, 해마다 대학측에서도 합동 공양(供養)을 행한다는 것, 그리고 마지막으로 "부디 의학을 위해, 젊은 의학도들을 위해 협력해 주시기 바랍니다!" 하 고 M교수가 양손으로 방바닥을 짚으며 무릎을 꿇었다.

*─────

1) 신란(親鸞) : 일본에서 정토진종을 창시한 승려. 1173년에 태어나 어린 시절 출가한 뒤 비승비속(非僧非俗)의 형태로 살면서 결혼하 여 자녀를 두었다. 1262년 입적할 때까지 불교계에 커다란 영향을 끼치며 수많은 저술과 법어집 등을 남겼다. ―옮긴이

그런데 느닷없이 얼굴색이 바뀐 여성이 고함을 질렀다.

"난 반대야, 절대로 반대야! 아버지의 몸에 칼질을 한다니 말도 안 돼……!"

여성은 시신을 부여잡고 울음을 터뜨렸다.

한동안 유족들이 모여 주거니 받거니 의견을 나누는 듯했으나 결국 시신 기증은 이뤄지지 않았다.

어깨가 축 처진 채 되돌아가던 M교수의 뒷모습이 지금도 기억에 생생하다.

사람들의 죽음에 대한 이미지는 완강하다. 그것은 사후의 이미지와도 연동(連動)된다.

최근 중국에서 생겨난 사건을 신문에서 읽었다. 어느 중국 농촌에서 당국이 매장을 금지하고 화장을 하라는 지시를 내렸다고 한다. 그러자 화장하면 천국으로 가지 못하게 된다면서 노인들이 잇달아 자살한 사건이었다.

자세한 내용을 살펴보니 문제의 현(縣) 정부가 실시 보름 전에 다음 달 1일을 기하여 일제히 매장에서 화장으로 변경한다는 정령(政令)을 선포했다. 그 소식을 들은 노인 중에는 다량의 수면제를 복용하고 스스로 관 속으로 들어가 버린 경우도 있었고, 강물에 투신하거나 단식 등으로 보름 동안 67명이나 자살했다는 것이다.

사후의 시신 처리방법까지 고민하여, 죽음을 걸고 자신이 원하는 방법을 실현하려는 인간의 아집에 경악을 금치 못했다.

시신 처리방법에 관해 인류는 매장, 화장, 수장(水葬), 풍장(風葬), 조장(鳥葬) 등으로 그 풍토와 문화와 종교에 따라 다양한 방식을 택해 왔다.

장(葬)이라는 상형문자는 초(艸=草)와 초(艸) 사이에 죽음(死)이 있는 합자(合字)이다. 사(死)라는 글자 역시 사(歹=토막이 난 뼈)와 비(匕=사람 人을 거꾸로 한 모양)와의 합자라는 사실로 추측해 보자면, 한자가 생겨난 무렵에는 시신을 묻는다는 행위가 수풀 속에 던져버리고 오는 것뿐이었을지 모를 노릇이다.

어쨌거나 인간이 그리는 개념은 일단 굳어지면 좀처럼 쉬 바뀌지 않는다.

아름다운 죽음의 이미지 또한 마찬가지다.

아름다운 죽음의 이미지라 해도 그 사람의 세계관이나 종교관, 미의식 등에 따라 사람마다 다르다. 그 사람을 에워싼 풍토나 사회에 의해서도 달라진다.

그러므로 보편적인 아름다운 죽음 따위는 규정지을 수 있는 것이 아니다. 하지만 그 시대, 그 사회에서 아름다운 죽음의 개념이 하나의 경향을 드러내는 경우가 있다.

예를 들어 '무사도라는 것은 죽음을 뜻한다' 고 하는 '하가쿠레(葉隠) 사상'[2] 등이 엉뚱하게 칭송받던 시대에서는, 염치없이 살아가는 것보다 깨끗하게 죽음을 택하는 편이 선(善)이자 미(美)였다. 죽는 방식도 할복이나 가미카제(神風) 특공대로 상징되는 것 같은 장렬한 형태가 가장 아름다운 죽음으로 여겨졌음은 두말할 나위가 없다.

그런데 태평양전쟁의 패전과 더불어 하나의 사상체계가 붕괴하자 모든 것이 역전되었다. 여하튼 살아남는 것이 선이었고, 죽음은 그것이 어떤 형태이든 추악한 것으로 바뀌어 갔다.

삶(生)에 절대의 가치를 두는 사회풍조 속에서 1970년 11월 25일, 육상자위대 동부방면 총감실에서 할복자살한 소설가 미시마 유키오(三島由紀夫)가 택한 죽음의 방식은 당시 사람들에게 커다란 충격을 안겨주었다.

미시마는 자신의 작품 『우국(憂國)』을 스스로 이렇게 해설해 놓았다.

*─────

2) 하가쿠레(葉隠) 사상 : 일본 남부 규슈(九州) 지역에 있던 사가번(佐賀藩)에서 무사도의 상무사상을 강조하여 1716년경에 편찬한 서책에 등장하는 무사도 정신. ─옮긴이

"내 치유하기 어려운 관념 속에서는 노년은 영원히 추하고, 청춘은 영원히 아름답다. 노년의 지혜는 영원히 미몽(迷夢)이고, 청년의 행동은 영원히 투철하다. 그러므로 살아 있으면 있을수록 나쁜 것이며, 인생은 말하자면 곤두박질치는 퇴락이다. 『우국』에 나오는 중위(中尉) 부부는 비경(悲境)에서도 자신들도 모르게 생의 최고 순간을 포착하여 지복(至福)의 죽음을 맞게 되지만, 나는 그들이 맛볼 지상의 육체적 열락(悅樂)과 지상의 육체적 고통이 동일 원리 아래 통괄되어, 그에 의해 지복의 도래를 초래하는 상황을 바로 2 · 26사건[3]을 배경으로 설정할 수 있었다."

또한 작품 『교코(鏡子)의 집』에서는 이런 식으로 작중 젊은이의 정사(情死)를 부추기고 있다.

"만약 인간의 육체가 예술작품이라 가정하더라도, 시간에 침식당하여 쇠퇴해 가는 경향을 저지할 수는 없으리라. 그래

*－－－－
3) 2 · 26사건 : 1936년 2월에 청년 장교들이 중심이 되어 천황의 친정(親政)을 외치며 일으킨 쿠데타 미수 사건. ―옮긴이

도 이 가정이 성립한다면, 최상의 조건이 갖추어졌을 때의 자살만이 그것을 쇠퇴로부터 구해주리라."

미시마 유키오에게는 아름다운 죽음의 방식이 자살밖에 없었던 것이다.

염치없이 살아갈 정도라면 차라리 죽음을 택한다, 그와 마찬가지 행위이긴 해도 후카자와 시치로(深澤七郎)[4]의 작품 『나라야마부시코(楢山節考)』에 이르면 완전히 달라진다.

『나라야마부시코』의 노파 오린 역시 구차하게 살아갈 바에야 죽는 편이 낫다고 작정했다. 고려장을 해야 할 나이에 도달한 자신이 더 이상 마을에서 버티는 것은 수치라고 여기게 되었다. 그래서 아들에게 어서 데려가 달라고 보채는 것이다.

여기서의 오린 노파는 나라야마의 산꼭대기에서 맞는 죽음이 아름답게 죽는 방법이라고 믿었다.

이 작품의 주오코론(中央公論) 신인상 심사위원이었던 미시마 유키오는 다음과 같은 심사평을 남겼다.

*━━━━
4) 후카자와 시치로(深澤七郎) : 소설가 겸 기타리스트. 고려장을 테마로 한 작품 『나라야마부시코』로 신인 문학상을 받았으며, 책은 베스트셀러가 되고 영화화되었음. 1914-1987년. ―옮긴이

"어쩐지 질퍽질퍽한, 어두운 늪의 밑바닥으로 빨려들어갈 듯하고, 내 개인적인 감각일지 모르지만 아름답기는 해도 왠지 무섭다고 할까, 이런 작품을 읽노라면 기분이 착 가라앉고 만다."

후카자와 시치로의 작품은 미시마 유키오의 체질이 받아들일 리 없는 세계인 것이다.

오린의 죽음은 자아를 희생하는 사랑으로 삶과 연결되어 있지만, 미시마의 죽음은 자아의 사랑이긴 해도 그 사랑이 삶의 존속과는 관계가 단절되어 있다.

다른 관점에서 이야기하자면 오린의 죽음은 공동사회의 한 명으로서의 죽음이고, 미시마의 죽음은 사회로부터 소외된 근대 지식인 특유의 죽음이라고 말할 수 있다.

실제로 자살만큼 사회에 당혹감을 던져주는 죽음의 방식은 없다. 그것은 자살이라는 행위가 공동사회로부터 소외된 자의 고독한 해결방법에 기인하고 있기 때문이리라.

어쨌든 아름답다기보다 서글프다.

눈 내린 산꼭대기에 홀로 남겨진 노파의 모습을 보는 것도 안타깝기 그지없고, 총감실에 나뒹구는 미시마의 처절

한 시신을 보는 것도 견디기 힘들다.

이처럼 자살이나 사고사 따위의 특이한 죽음의 방식은 별도로 치자. 보통 일반적으로 말하는 아름다운 죽음의 방식의 대략적인 개념은, 치매 노인이 되거나 병석에 누워 오랜 세월을 보내지 않고, 어느 날 갑자기 아무 고통 없이 훌쩍 떠날 수 있으면 좋겠다고 막연하게 기대하는 정도이다.

*

최근에 와서 별안간 퉁퉁하게 살이 찐 시신이 많아졌다. 나일론 주머니에 물을 넣어둔 것 같은, 창백하고 퉁퉁한 시신이다.

내가 처음으로 염습과 입관 일을 시작한 1960년대 중반에는 여전히 자택에서 사망하는 경우가 절반을 넘었다. 산기슭의 농가 등지에 가면 마른 나뭇가지와 같은 시신을 종종 대하곤 했다. 피부색도 시든 감나무 가지처럼 거무스름하기 일쑤였다.

그런 시신이 어두컴컴한 구석 쪽 불단(佛壇) 사이에 꺾쇠(〈)형태로 눕혀져 있었다.

입관 작업이 예삿일이 아니었다. 허리가 새우처럼 굽어

있어서 관에 난 유리로 얼굴이 보이도록 입관하려면 허리를 펴지 않을 수 없었다. 그냥 그대로는 무릎이 돌출되거나 이마가 불거져 나와 관의 뚜껑이 닫히지 않았다.

어린 시절부터 수십 년이나 논밭에서 기어다니듯이 살아온 증거였다. 농촌의 노인 대다수가 허리를 굽히고 구부정하게 걷던 시절, 역시 좌관 쪽이 더 걸맞았으리라 여겨졌다. 특히 둥근 욕조형(浴槽型)의 관이 가장 적합했을 것임에 틀림없다.

그 같은 농촌에서의 노인의 시신은 유해(遺骸)라는 단어가 딱 들어맞는다. 어쩐지 매미의 허물처럼 바싹 마른 이미지가 있었던 것이다.

그러나 일본경제의 고도성장과 더불어 마른 가지와 같은 시신은 찾아보기 어려워졌다.

오늘날 사고사나 자살 이외에는 거의 병원에서 숨을 거둔다. 옛날에는 입으로 음식을 넘기지 못하는 상태가 되면 마른 가지처럼 홀쭉 야위어갈 수밖에 없었다. 하지만 지금은 링거로 영양을 보급하기 때문에 이전처럼 극단적으로 야위지는 않는다.

링거의 주사바늘 자국이 거무스름한 양쪽 팔 여기저기에 남아 있는 퉁퉁한 시신이, 때로는 목이나 하복부로부터 관

(管)을 늘어뜨린 채 병원에서 실려 나온다.

아무리 봐도 생나무를 쪼갠 것 같은 부자연스러운 이미지가 풍겨난다. 늦가을에 마른 잎이 떨어지는 것 같은, 그런 자연스러운 느낌을 주지 않는 것이다. 그렇기는커녕 오늘의 의료기관에서는 죽음에 관하여 고민할 여지조차 주지 않는다.

주위를 에워싸고 있는 것은 생명 유지 장치이며, 연명 사상을 지닌 의사단이며, 삶에 집착하는 친척들이다.

죽음에 직면한 환자로서는 차가운 기기(器機)들 가운데 홀로 죽음과 대치하는 것처럼 세트된다. 그렇지만 결국에는 죽음에 관해 고뇌하는 일도 없이, 누군가로부터 조언을 듣지도 못한 채 죽음을 맞고 만다.

누군가를 붙잡고 의논을 하려고 해도 되돌아오는 말은 "힘내세요!"의 되풀이이다.

아침부터 저녁까지, 맹렬 회사의 샐러리맨들처럼 힘내자는 구호만 거듭된다. 친척이 와도 "힘내세요!", 문병객이 와도 "힘내세요!", 그 사이사이에 간호사가 틈틈이 들여다보면서 "힘내세요!"라고 한다.

말기 암환자에 관한 심포지엄이었던 것으로 기억하는데, 다른 내용은 까맣게 잊었지만 국립 암센터의 H교수가 한

말만은 여전히 생생하게 떠오른다.

어느 말기 암환자가 "힘내세요!"라는 격려를 들을 때마다 고통스런 표정을 짓는다는 사실을 알아차리고 진통제를 주사해 주었다고 한다. 그런 다음 "나도 곧 뒤따라갈 겁니다!"라고 이야기해주었더니 그 환자가 비로소 활짝 웃더라는 것이다. 그런 일이 있은 뒤로는 환자의 얼굴 생김새마저 바뀌더라고 H교수는 소개했다.

H교수와 같은 의사는 좀처럼 찾아보기 힘들다. 중환자실로 옮겨지면 면회도 허용되지 않으니까 "힘내세요!"도 듣지 못하게 바뀌지만, 전신이 수많은 고무 대롱이나 호스가 달린 기기와 계기(計器)에 연결되어 버린다. 그런 탓으로 죽음을 받아들여서 빛의 세계를 방황하려고 해도, 간호실의 감시계기에 즉각 감지되고 만다. 그러면 후다닥 달려온 간호사와 의사가 주사를 놓고, 뺨을 탁탁 때리면서 방황의 여로를 가로막는다.

그것은 모처럼 재미있게 보고 있는 텔레비전 화면의 채널을 남이 제 마음대로 바꿔버리는 짓이나 다를 바 없다.

'목숨을 구한다'는 절대적인 대의명분에 떠받들려진 '생(生)'의 사상이 현대의학을 제 세상인 양 거리낌 없이 마구 퍼뜨려, 과거에 인간이 가장 소중하게 여기던 것을 그 죽음의 순간에서까지 빼앗으려 든다.

아름다운 죽음의 방식을 운운할 계제도 못 되는 것이다.

*

오늘 아침 눈을 뜨니 눈이 내려 있었다.

어젯밤부터 내리기 시작한 모양이었다. 하룻밤 사이에 20센티미터 이상이나 쌓였다.

눈이 많은 지방에서 자란 사람들로서는 그다지 놀랄 일도 아니지만, 새하얀 세계가 갑자기 눈앞에 출현하면 역시 새로운 경이를 깨닫기 마련이다.

뜨락 너머로 보이는 이웃집 울타리에 동백꽃이 피어 있다는 사실을 깨달았다. 이전부터 피어 있었을 텐데도 알아차리지 못했다. 내려 쌓인 눈 사이로 빨간 꽃잎이 보였다.

움찔 하고 눈길을 돌리니 사방이 온통 새하얗게 변해 있었다.

오랜만에 그런 조용한 휴일을 보내려는데 심사를 어지럽히는 전화가 친척으로부터 걸려왔다. 숙부가 암으로 입원해 있는데 한 번 문병이라도 가면 어떻겠느냐는 연락이었다. 그쪽으로부터 절교를 선언받은 이래 벌써 몇 년이나 만나지 않았다. 불쑥 '놀고 앉았군!' 하는 소리가 목구멍까지 치밀어 오를 만큼 가슴 깊이 증오를 품고 있었다.

가문의 수치라면서, 사람을 마치 송충이 대하듯 한 것은 절대로 용서할 수 없었다.

나는 누가 무어라고 해도 문병 따위는 가지 않으리라 작심했다. 그러면서 자동차에 쌓인 눈을 쓸어 내거나 집 주변의 제설작업을 하고 있으려니까 또 전화벨이 울렸다.

이번에는 어머니로부터의 연락이었다. 어머니는 병원에 갔다가 돌아와서 전화를 거는 모양이었다.

"한 번 가보렴……"

"싫어요. 그쪽에서 먼저 꼴도 보기 싫다고 했잖아요!"

"그렇지만 네가 어릴 때부터 숙부님에게 신세를 많이 졌어…… 게다가 오늘 아침에 문병을 가서 보니까 내가 누군지조차 모를 정도였어. 어쩌면 오늘밤이나 내일을 넘기지 못할지도……"

애원하는 듯한 어머니의 목소리를 들으면서 누구인지 모를 지경으로 위독한 상태라면 설교를 들을 일도 없을 것이고, 사람 좋은 숙모에게는 아무 원한도 없으니까 한 번 들여다볼까 하고 마음이 움직였다.

"알았어요, 다녀올게요."

전화를 끊고 아내에게는 아무 이야기도 하지 않고 곧장 병원으로 향했다.

옷차림을 가다듬고 병실 문을 노크하자 숙모가 얼굴을 내밀더니 "아아, 마침 알맞게 와 주었구나!" 하면서 큰소리로 나를 맞아 주었다. 조금 전까지도 의식불명이었는데, 지금 막 의식이 돌아왔다고 했다.

나는 순간적으로 잘못 왔다는 후회가 들었으나 숙모에게 손을 이끌려 침대 쪽으로 걸음을 옮길 수밖에 없었다.

숙부는 확실히 의식이 몽롱한 것 같았다.

그러나 내가 누구인지 알아차린 듯 떨리는 두 손을 위로 뻗으려고 했다. 나는 숙부의 손을 잡아주면서 숙모가 내민 의자에 앉았다.

숙부가 나를 바라보며 무언가 이야기를 하려고 했다. 그 얼굴은 예전에 나를 야단치던 때와 전혀 달랐다. 편안하고 부드러운 표정이었다. 눈가에서 눈물방울이 떨어져 내렸다. 숙부의 손이 내 손을 다소 세게 쥐었다고 여긴 순간 '고맙구나!' 하는 소리가 들려왔다.

그 후로도 한동안 내 손을 쥔 채 제대로 말이 되지 않으면서 '고맙구나!' 를 되풀이했다.

숙부의 얼굴은 눈이 부실 만큼 편안하고 부드러웠다. 이튿날 아침, 숙부가 숨을 거두었다.

내 가슴 속에서 증오가 사라졌다. 오로지 부끄러움만이 솟구쳐 올랐다.

장례식 때 "숙부님, 용서해주십시오!" 하고 빌면서 분향했다. 눈물이 쉴새없이 뺨을 타고 흘러내렸다.

*

숙부의 장례식으로부터 2, 3일이 지난 뒤의 일이었다.

생전에 온 적이 없는 우편물이 배달되었다. 보낸 사람은 예전에 친하게 지내던 친구였다. 봉투를 열어보니 조그만 책자가 나왔다. 그것은 『여러분, 고마워요』(나중에 『아스카(飛鳥)에, 아직 못 본 아이에게』라고 제목이 바뀌어 쇼덴샤(祥傳社)에서 출판되었다)라는 제목이 붙은 이무라 가즈키요(井村和淸)라는 이름의 의사가 쓴 책이었다. 그는 서른두 살의 젊은 나이에 죽었다고 했다.

무심코 읽기 시작한 나는 나도 모르게 무릎을 꿇고 앉아 그 유고집에 빠져들었다. 읽는 사이에 눈물로 눈앞이 흐려져 더 읽을 수 없을 정도였다.

암이 폐로 전이되었다는 사실을 알았을 때 각오하기는 했지만, 나는 일순 등골이 오싹해졌습니다. 전이된 곳이 한두 군데가 아니었습니다. 뢴트겐 조사실을 나오면서 나는 결심했습니다. 걸을 수 있는 곳까지 걸어가기로 하자.

그날 저녁 무렵, 아파트 주차장에 차를 세우면서 나는 불가사의한 광경을 보았습니다. 세상이 너무나 밝았던 것입니다. 슈퍼마켓에 오는 쇼핑객들이 빛이 나 보였습니다. 뛰어다니는 아이들이 빛이 나 보였습니다. 강아지가, 고개를 숙이기 시작한 벼이삭이, 잡초가, 전신주가, 조그만 돌멩이까지가 빛이 나는 것이었습니다. 아파트로 들어가서 본 아내 역시 두 손을 모아야 할 만큼 거룩하게 보였습니다.

이 대목을 읽으면서 나는 숙부의 얼굴을 떠올렸다. 숙부의 그 편안하고 맑던 얼굴의 안쪽 깊숙한 곳을 들여다본 듯한 기분이 들었다.

숙부는 그 때, 나도 숙모도 병원의 창문도 꽃병도 간호사도 다 빛이 나는 것으로 본 게 아니었을까? 그러니까 그토록 빛나고 부드러운 표정을 지었던 게 아닐까 싶었다.

그리고 숙부가 작은 목소리로 '고맙구나!' 라고 한 말이, 이무라 의사가 쓴 일기의 마지막 페이지에 있는 말과 겹쳐져서 들려오는 것 같았다.

다들 너무나 고마워요.

북쪽 지방의 추위는 조용합니다. 오랜 겨울을 참고 견디면 눈이 녹은 뒤 새싹을 피워 올리는 튤립의 계절이 찾아옵니다.

고마워요, 여러분.

사람의 마음은 참 좋은 것이로군요. 그런 것들이 서로 겹쳐지는 물결을 타고, 나는 행복하게 떠다니며 잠이 들려 하고 있습니다. 행복합니다.

고마워요, 여러분.

정말로 고마워요.

*

날마다 시신만 바라보고 있노라면 시신이 조용하고 아름답게 보인다.

그에 반하여 죽음을 두려워하고, 벌벌 떨면서 들여다보는 산 사람들의 추악함이 자꾸 신경에 거슬리게 된다. 놀람, 무서움, 슬픔, 우울, 분노, 그런 것들이 복잡하게 뒤얽힌 흐물흐물한 산 사람의 시선이 한창 염습을 하는 내 등 뒤로

느껴지는 것이다.

특히 숙부의 죽음과 이무라 의사의 유고집을 대한 뒤로
부터 시신의 얼굴에만 신경을 쓰게 되었다.

돌이켜보면 오늘까지 매일 시신과 접하면서, 시신의 얼
굴을 분명 보았을 텐데 보지 않았던 것 같은 기분이 든다.

사람들은 싫은 것, 무서운 것, 께름칙한 것과는 되도록
눈길을 맞추지 않고 지낸다. 나 역시 틀림없이 본능적으로
그와 같은 태도로 시신을 접해온 모양이다. 그렇지만 지금
은 시신의 얼굴에만 신경을 쓰도록 바뀌었다.

시신의 얼굴에 신경을 쓰면서 시신과 매일 접하는 사이
에, 시신의 얼굴이 대부분 편안한 표정이라는 사실을 알아
차렸다.

살아 있는 동안 어떤 식의 악과 선을 행했는지 모르나,
그런 것은 그다지 관계가 없는 듯하다. 신앙이 깊은지 아닌
지, 종교가 무엇이었는지, 종교 자체에 관심이 있었는지 없
었는지, 그런 것과는 아무 관계없이 시신의 얼굴이 편안한
표정을 짓는 것으로 여겨짐을 어쩔 수 없었다.

이 지방의 장례는 80퍼센트 이상이 정토진종으로 치러
진다. 그렇다고 해서 정토진종의 경건한 신자가 많다고 잘
라 말할 수는 없다. 대다수가 가족의 누군가가 사망할 때까

지 신도라는 사실조차 자각한 적이 없는 상태인 것이다. 남의 장례식에서는 염주를 쥔 손을 모으지만, 아미타불을 믿어 염불을 왼 적은 없는 신도들이다.

그럼에도 불구하고 시신의 얼굴은 다들 한결같이 편안한 표정을 하고 있다. 이제 막 숨을 거둔 때에는 대부분 눈을 반쯤 뜬 상태여서 잘 빚은 불상과 영판 닮았다.

『탄이초(歎異抄)』5)에 "선인(善人)조차 왕생을 이루는데 하물며 악인이야 더 이를 데 없다"6)고 하는 유명한 구절이 나온다. 학생 시절부터 신란의 사상을 이해하지 못하면서도 이 구절에서는 무언가 쾌감을 느끼곤 했다.

하지만 매일 시신의 편안한 얼굴을 보노라니 성불(成佛)

*─────

5) 『탄이초(歎異抄)』: 신란의 직계 제자였던 유이엔(唯円)의 저서. 신란이 입적한 다음 이의(異義)가 유행하는 것을 한탄한 제자가 신란이 생전에 행한 말씀을 기록하고, 이의를 비판한 소책자. 신란과 제자 유이엔과의 문답 형식으로 기록되었고, 일본 불교사상의 극치를 드러내는 문헌으로 주목받는다. 이 책은 또한 오해를 야기할 수 있다고 하여 렌뇨에 의해 혼간지의 창고 깊숙한 곳에 보관되었으나, 메이지(明治) 이후 여러 지식인들이 읽고 감명을 받았다. —저자 주

6) 선인보다 악인이 낫다는 뜻이 아니라, 악인이 자신이 저지른 잘못을 알고 뉘우치는 경우를 반어적으로 나타낸다. 이런 대목으로 해서 '오해를 야기할 수 있다' 는 렌뇨의 지적이 나왔다. —옮긴이

에는 선인도 악인도 없지 않을까 하고 생각하기에 이르렀다. 『탄이초』의 해설서 등에는 선인에게는 자력으로 조치를 취할 능력이 있으나, 악인에게는 그것이 없다는 식의 여러 해설이 행해지고 있다. 그렇지만 그 같은 견해 따위와는 아무 상관없이 시신의 얼굴은 편안한 표정을 짓는다.

얼마 전 입관한 폭력단 간부의 죽은 모습도 실로 편안해 보였다. 듣자하니 젊은 시절에 저지른 살인죄로 오랜 세월 교도소에 있었다고 한다.

나라를 위해 지원하여 총을 쥐어도 사람을 죽이지 않는 경우가 있고, 억지로 군대에 끌려가서도 수없이 사람을 죽이는 경우가 있다. 남을 도우려다가 도리어 불행을 안겨주거나, 남을 쌀쌀맞게 대함으로써 도움이 되는 경우도 있는 것이다.

여래(如來)나 보살(菩薩)의 눈으로 보자면 선인이니 악인이니 하는 구분이 따로 있을 리 없고, 오직 자아중심의 슬픈 인간과 약육강식의 삶의 세계가 있을 뿐인지 모른다.

신란은 인연이 있으면 윤리적으로 절대의 악이더라도 인간은 그것을 저지르고 만다며 『탄이초』 가운데에서 유이엔에게 설파하고 있다.

그 같은 시각으로 인해 신란이 악에도 선에도 얽매이지

않고 설법을 행한다고 말할 수 있다.

우리는 자신이 서 있는 곳을 기점으로 사고(思考)하거나 말을 한다. 예컨대 선악을 운운하는 경우에도 자신은 선인이라고 믿는 사람과, 자신이 악인이라고 여기는 사람 사이에는 그가 처한 입장이 다르기 때문에 선악의 양상도 달라진다. 특히 우리가 생사를 운운할 경우, '생'에 발을 딛고 선 일방적인 발언이지 '사'에 발을 딛고 선 발언은 있을 리 없다.

그러나 석가나 신란은 생사를 초월한 지점에서 설법을 한다.

그곳이 과연 어디일까? 선악이나 생사를 넘은 제3의 위치이고, 생이나 사, 선이나 악이 모두 다 보이는 곳이 아니면 안 된다.

어느 결에 나도 모르게 그런 것을 생각하면서 시신의 얼굴을 바라보게 되었다.

*

"일 년 동안 지구를 바라보는 사이에 차츰차츰 지구가 연약하고 귀여운 존재로 비쳐졌습니다."

이런 이야기를 한 사람은 바로 저 옛 소련의 우주비행사 블라디미르 치토프 씨이다.

우리가 지상에 있으면서 지구를 연약하고 귀여운 존재로 느끼는 경우는 우선 없다고 해도 무방하리라. 그렇지만 우주로 시점을 옮겨 우주에서 지구를 바라볼 때, 지구를 감성으로 인식할 수가 있는 것이다.

시점을 이동하지 않고 '생'에만 입각하여 아무리 '사'에 관해 궁리를 하더라도, 그것은 생의 연장 사고에 지나지 않는다. 또한 사람들이 사의 세계를 말할 때, 그것은 추론이든가 가설에 지나지 않는 것이다.

사후의 세계를 향해 여로에 나서는 것이 하얀 순례자의 옷을 걸치고, 지팡이를 짚고, 로쿠몬센(六文錢)[7]을 목에 걸고, 삼도천(三途川)[8]을 건너는 것이라는 식의 발상은, 생에 대한 사고의 연장선상에서 생겨난 것에 다름 아니다.

이론물리학에서는 가설의 새 이론이 실증 확인되지 않으면 역사에서 말살되고 말지만, 사후의 세계에 대한 가설은 기적에 의지하는 수밖에 실증방법이 없다. 따라서 온갖 가

*-----

  7) 로쿠몬센(六文錢) : 일본의 불교식 장례에서 저승으로 가는 노잣돈 삼아 관에 넣어주는 종이돈. ―옮긴이
  8) 삼도천(三途川) : 죽어 저승으로 가는 길에 있다는 내. ―옮긴이

설이 생겨나고, 교묘하게 짜인 가설이나 신화 등이 수천 년이나 세상에 퍼뜨려지기에 이른다.

어느 시대이건 생에 입각하고, 생에 시점을 둔 채 적당하게 사를 상상하여 아주 그럴싸하게 여겨지는 사상 따위를 구축해내는 자들이 꼬리를 문다. 특히 인간의 지혜를 굳게 믿지만 현장에서의 지식은 결여되어 있고, 그런 주제에 감성은 생에 집착하는 지식인이 수두룩하다.

제2차 세계대전 후의 현대 시인들이 필사적으로 발버둥쳐도 허무로부터 탈출하지 못한 까닭은, 생에 너무 집착하여 사에 다가가려 하지 않았던 데에 원인이 있을지도 모른다. 오늘날처럼 엄청난 정보가 범람하는 시대에는 대다수 예술가들이 인간적인 척도의, 소위 등신대의 작품에만 매달려 있다. 이 또한 사를 직시하지 않고 오히려 달아나려고 하며, 생의 시점에 서서만 세상을 보려고 해온 결과인지 알 수 없다.

그 점 미야자와 겐지는 인간적인 척도를 넘어선 세계를 우리의 눈앞에 펼쳐 보인다.

과학자이자 불자(佛者)이며 시인이었던 겐지는 "나라고 하는 현상은 가정(假定)된 유기(有機) 교류 전등의 하나의 파란 조명입니다"라고 말했다. 또한 '4차원 감각이란 정(靜)

예술에 유동(流動)을 부여한 것'이라면서 스스로 4차원 세계를 오가고자 했던 시인이었다.

특히 미야자와 겐지 작품의 훌륭함은, 겐지의 시선이 미생물의 세계를 쫓는가 하고 여기는 바로 다음 순간 태양계, 은하계, 그리고 모든 우주로 이동한다. 순식간에 그 시선이 소립자의 세계로 옮아가고, 더구나 그 눈은 극소에서 극대까지 자유자재로 움직이는 줌 렌즈와 같은 기능을 지니고 있는 것이다.

그것은 흡사 『반야심경(般若心經)』9)의 관자재보살(觀自在菩薩)처럼 자유자재의 눈으로 세계를 인식하려고 했던 것 같다.

시점의 이동이 있어야 배려가 생겨난다. 배려란, 상대의 입장에 서는 것이다. 겐지의 「영결의 아침」도 숨을 거두려고 하는 누이 도시코의 혼과 하나가 될 만큼 상대의 입장에 서 있다. 인구에 회자되는 「비(雨)에 지지 않고」라는 작품도

*─────

9) 『반야심경(般若心經)』 : 정확하게는 『반야바라밀다심경』. 막대한 반야경의 내용을 276문자로 압축하여 반야개공(般若皆空)의 정신을 나타낸 간결한 경전이다. 예로부터 우리의 귀에 익은 '색즉시공공즉시색(色卽是空空卽是色)'이라는 구절도 이 경이 읊어지게 된 이후부터 유명해졌다. ─저자 주

세상 모든 사람에 대한 배려의 시이다.

동화 『쏙독새의 별』의 쏙독새는 날벌레도 생명이라고 배려해 주었기에 별이 된다.

살아 있는 온갖 것에 대한 배려에서 겐지는 육식을 하지 않고 줄곧 채식만을 고집했다. 필경 그것이 원인이 되어 병으로 쓰러졌고, 37세의 아까운 나이에 숨을 거두게 된다.

그런 겐지가 병상에서 쓴 작품 가운데 이런 불가사의한 시가 있다.

이제 틀렸겠지요.

멈춰지지 않네요.

그렁그렁 자꾸 끓어오르니까요.

어젯밤부터 잠들지 못한 채 객혈만 계속하니까요.

사방이 푸르고 고요하여

아무래도 곧 죽을 것 같아요.

그러나 이 얼마나 상쾌한 바람인가요.

이제 청명도 멀지 않아서

저토록 파란 하늘에서 피어올라 솟구치듯이

상쾌한 바람이 불어오는군요.

단풍나무 새싹과 솜털 같은 꽃에

가을날 풀잎처럼 물결을 일으키고

불탄 흔적이 남은 골풀 돗자리도 파랗군요.

당신은 의학협회에서 돌아오는 길인지 어쩐지 모르지만

검은 프록코트를 입고

이토록 열심히 요모조모 보살펴주시니

이제 죽더라도 아무 불만이 없을 거예요.

피가 나는데도 아랑곳없이

이렇게 한가롭고 편안한 까닭은

혼백이 반쯤 몸에서 빠져 나갔기 때문일까요.

단지 자꾸만 피가 나는 탓으로

그것을 말하지 못하는 게 안타깝군요.

당신이 보면 몹시 참담한 풍경이겠지만

내 눈에 비치는 것은

너무도 아름다운 파란 하늘과

맑디맑은 바람뿐이랍니다.

이 시는 미야자와 겐지가 동물성 식품을 일절 섭취하지 않던 탓으로 괴혈병에 걸려 잇몸에서의 출혈이 멎지 않고, 게다가 결핵의 객혈까지 겹쳐서 병상에 드러누웠을 때, 40도의 고열 속에서 쓴 작품이다.

이야기하는 것도 글을 쓰는 것도 불가능했기에 「눈으로 말하다」라는 제목을 붙였다.

이것은 미야자와 겐지의 임사(臨死) 체험의 작품이라 할 수 있다.

여기서 보이는 겐지의 시점은 병상에 누운 육체에 있는 것이 아니라, 육체를 벗어나 공중에 떠 있으면서 의사나 자신의 출혈이 보일 정도의 장소에 있다. 그리고 고통조차 없는 아름다운 하늘이 보이는 곳이기도 하다.

나는 이 시를 대하고 죽음이란 무엇인가, 왕생이란 어떤 것을 가리키는가 하고 오랜 세월 품어 왔던 물음에 대한 분명한 힌트를 얻은 것 같은 기분이 들었다.

*

고갱의 그림 중에 〈우리는 어디에서 왔는가? 우리는 무엇인가? 우리는 어디로 가는가?〉라는 긴 제목이 달린 작품이 있다. 타히티에서 그린 대작이다.

장례의 현장에 있을 때면 나는 항상 이런 명제에 당혹스러워한다.

'우리는 무엇인가?'는 철학자에게 맡겨두더라도, '우리는 어디로 가는가? 는 장례 현장과 크게 관련이 있는 문제인 것이다.

예를 들어 정토진종의 장례식에서도 '부처님에게 안겨서'라는 표현으로 죽은 이를 보내면서도, 그 다음에 조사(弔辭)를 읽는 사람이 '영혼이여, 편안하시라!'라거나, 상주가 '아버지도 풀잎 그늘에서 매우 기뻐하시겠지요!'라고 인사를 하곤 한다.

부처님에게 안겨 성불했는가 여겼더니 허공에 떠다니거나, 풀잎 아래 있거나 하는 것이다.

참석자들도 유체에 합장을 하거나, 영정을 바라보며 손을 모으거나, 제단이나 영구차를 향해 합장하거나, 심지어는 화장장의 굴뚝에서 나오는 연기에까지 양손을 모아 절을 하곤 한다.

그런데 핵심이라 할 본존(本尊)을 향해서는 그다지 예를 차리지 않는다.

승려의 독경(讀經)은 무엇을 이야기하는지 종잡을 길 없고, 죽은 이가 어디로 갔는지 모르는지라 생각나는 대로 대충대충 손을 모으는 것이다.

게다가 불교 사상에는 중유(中有)라는 것이 있다. 생명 있는 모든 것은 6도(道)―천인(天人), 인간, 수라(修羅), 축생, 아귀(餓鬼), 지옥—가운데에서 태어났다가는 죽고, 그리고 다시 태어나는 일을 되풀이하는 것으로 되어 있다.

그리고 생을 마친 뒤 다음의 생을 받기까지를 중유(中有)라고 하여 그 기간을 49일로 친다. 이 49일을 7일마다 구분하여 각각의 7일째에 다음에 태어날 곳이 정해진다고 한다. 그러나 49일이 되도록 정해지지 않는 경우에는 죽은 이의 혼이 허공을 떠도는 것으로 되어 있다.

그러니 역시 '우리는 어디로 가는가' 알 수 없다.

기특한 친척이 7일마다 빠지지 않고 찾아와 공양을 올린다고 한들 과연 성불했는지 어쩐지 짐작할 길이 없다.

모르는 게 나을 때도 있다. 이 6도 윤회의 행선지가 명확하다면, 우리 친척들은 축생이나 아귀나 지옥으로 정해져 있을 것이다. 그러므로 가령 할아버지가 축생으로 다시 태어났다는 사실을 알게 되면 서양의 송아지 요리도, 중국의 오리 요리도 맛볼 기분이 사라질 것이다. 어디로 갔는지 모르는 편이 도리어 감사할 지경이다.

내가 장의 의례라는 일에 손을 댄 다음 낭패스럽고 놀란 까닭은, 언뜻 깊은 의미를 지닌 듯이 여겨지는 엄숙한 의식도 실태를 알고 보면 미신이나 속설이 대부분인 지리멸렬한 것이라는 사실을 알았기 때문이다. 미신이나 속설을 이렇게까지 잘도 구체화하고, 의식으로서 형식화시켰다고 감탄할 지경이다.

사람들이 죽음을 터부시한다는 점을 이용하여, 미신이나 속설이 온갖 도깨비처럼 퍼뜨려지고, 들어가서는 안 되는 숲과 같은 신비적인 성역으로 변했다. 수천 년 전부터의 미신이나 최근에 만들어진 속설까지 겹쳐져 쌓이고, 그런데다 일본 신도(神道)나 중국의 유교와 불교 각파의 교리가 뒤섞이면서 지방색 넘치는 복잡괴기한 양상을 드러낸다.

이와 같은 장의 의례 양식이나 풍습이 생겨나는 원인도, 근원을 따져보면 '우리는 어디에서 온 무엇이고 어디로 가는가' 가 애매함으로 해서 빚어지는 현상일 터이다.

일본 불교의 장의 의례 양식이나 예법의 대부분은 죽은 후에도 죽은 이의 영혼이 떠돈다는 사실을 전제로 하여 구축되었다.

시신의 머리맡에 놓인 한 줄기 향, 그것이 어째서 두 개는 안 되느냐고 물어보면 영혼이 헤매기 때문이라는 답이 돌아온다. 위패는 어째서 필요한지 물어보면 영혼이 묵기 위해서라고 한다. 로쿠몬센이나 지팡이나 짚신도 터벅터벅 중유를 헤매고 다니기 위한 나그네의 소지품이다.

장례식에 도사(導師)[10]가 등장하는 것도 헤매는 죽은 이

(영혼)를 이끌어 주기 위해서라고 한다.

"성불하라, 가(呵)!' 하는 식의 고함을 질러도 성불했는지 못했는지 알 수가 없다.

성불하지 못했으니까 자꾸만 공양을 올리는 것이리라.

마물을 물리치느라 단도를 시신의 가슴 위에 올려놓는다거나, 병풍을 거꾸로 세운다거나, 여하튼 종잡을 길 없는 일들이 태연히 행해진다.

오늘날의 불교식 장례에서 드러나는 광경은, 석가나 신란의 생각과는 너무나 동떨어진 것이리라. 극단적으로 말하자면 애니미즘[11]과 시신 숭배라고 하는 원시 종교와 다를 바 없는 내용을, 겉으로만 현대적으로 행하는 것이라고 해도 지나친 말이 아니다.

과학이 우주나 생명의 수수께끼를 풀어내려고 하는 시대에, 영혼을 믿는 애니미즘이 수천 년 전이나 마찬가지로 사람들의 마음 속에 똬리를 틀고 있다. 그것은 미신이나 속설의 한 구석에 영혼의 실재를 믿는 인간의 자아(自我)가 사라지지 않고 존재한다는 사실에 다름 아니다.

*————
10) 도사(導師) : 법회나 장의에서 여러 중을 거느리고 의식을 주도하는 승려. —옮긴이

석가는 당시 윤회설12)을 설파한 브라만〔婆羅門〕13)이 영혼의 실재를 믿고 있었음에 견주어, 영혼(자아)의 실재를 부정했고, 무아(無我)를 근원으로 한 새로운 불교를 설파했을 것임에 분명하다.

＊－－－－－
11) 애니미즘 : 영혼을 뜻하는 라틴어 아니마에서 유래했으며, 온갖 다양한 영혼에 대한 신앙 전체를 애니미즘이라고 한다. 영혼은 사람의 눈에 실체로서 포착할 수 없지만, 예로부터 그 존재를 믿어 왔다. 영혼의 존재는 각 민족의 사회나 문화 현상을 반영하는 것으로, 그 지역에서 사는 사람들의 세계관이나 사생관과 깊이 연관되어 있다. 일본에서도 사람이 죽으면 '혼' 이 이탈한다고 믿었으므로 임종시에는 '혼 부르기' 라는 의례가 남아 있다. 유족들이 산 쪽을 쳐다보거나 오랜 된 우물을 내려다보며 죽은 이의 이름을 여러 번 부르는 행위이다. ―저자 주
12) 윤회설 : 윤회 전생(轉生)이라고 하는 예로부터 내려온 인도의 사고방식. 인간은 태어나서 죽고 죽어서 다시 태어나기를 거듭한다는 설. ―저자 주
13) 브라만〔婆羅門〕: 인도의 카스트 제도에서 최고의 종족으로 치는 승려 계급의 명칭. 그 브라만 계급을 중심으로 발달한 것이 브라만교이다. 불교가 생겨나기 이전에 인도에서 있었고, 마침내 힌두교로 발전되었다. ―저자 주

제3장

빛과 생명

이 일을 오래 하다 보니 이제는 상갓집 현관에 들어서는 순간 슬픔의 정도를 파악할 수 있게 되었다.

그 집에서 소중한 사람이 갑자기 죽는 바람에 깊은 슬픔에 잠겨 있는 상태인지 아닌지를 금방 알아차리게 되는 것이다. 극도의 긴장이 집안에 팽배해 있는지 아닌지가 하나의 관건이다.

오늘의 그 집도 그랬다.

젊은 부부가 두 자녀를 태우고 드라이브를 하다가 사고가 났다. 뒷좌석에 앉아서 놀던 아이들은 다치지 않고 목숨을 건졌으나 남편은 중상, 조수석의 아내는 도로 바깥으로 튕겨나가 즉사했다고 한다.

농가의 커다란 불단이 있는 구석 자리에 머리를 붕대로 감은 여성의 시신이 이부자리 위에 눕혀져 있었다. 이불 위에는 문양이 새겨진 하오리(羽織)[1]가 거꾸로 덮여 있었다.

시신의 머리맡에는 두세 살 가량의 사내아이를 품에 안은 노파가 보기에도 딱한 표정으로 앉아 있었고, 그 옆에 바싹 달라붙듯이 너댓 살 가량의 딸아이가 안절부절못하고 앉았다 일어섰다 했다.

시신의 얼굴에는 상처가 없었고, 누가 눈을 감겼는지 편안하고 아름다운 표정을 짓고 있었다. 다쳐서 잠이 든 것 같은 느낌을 안겨주었다.

"엄마, 아직도 자는 거야?"

딸아이가 별안간 이렇게 외치는 바람에 흐느끼는 소리가 주위에서 들리더니 이윽고 노파가 다다미 바닥을 치면서 통곡을 했다.

한동안 입관할 엄두조차 낼 수 없었다.

그렇게 흐느낌과 눈물 속에서의 입관 작업을 마치고 손을 씻으러 세면장으로 갔다. 그런데 마을 어른으로 여겨지는 노인이 앞을 가로막더니 나를 뒤뜰로 데려갔다.

그가 양동이에 물을 따른 뒤 주전자의 뜨거운 물을 더 보태어 내밀었다. 다 씻은 다음에는 대나무 숲에 버리라고 하

*----
1) 하오리(羽織) : 전통 일본 옷에 걸쳐 입는 짧은 겉옷. —옮긴이

면서, 이 지방의 풍습이라는 말을 남기고 사라졌다.

손 씻은 물을 대나무 숲에 버릴 때 무언가 빛나는 것이 눈앞을 스쳐갔다. 자세히 살피니 대나무와 대나무 사이를 조그만 실잠자리 한 마리가 힘없이 날고 있었다.

잠시 그렇게 날다가 올해는 한층 짙어진 녹색의 대나무 잎에 내려앉았다.

가까이 다가가 보니 속이 훤히 들여다보이는 실잠자리의 체내에 알이 가득 차 있었다.

아까 입관할 때 주위에서 다들 흐느끼는데도 눈물이 나오지 않았건만, 실잠자리의 알이 빛나는 것을 보자마자 금방 눈물이 주루룩 흘러내렸다.

몇 주일이면 죽어버리는 조그만 잠자리가 몇억 년이나 더 전부터 뱃속에 한 줄로 알을 차곡차곡 쌓은 채 생명을 이어온 것이다. 그렇게 여기자 눈물이 그칠 줄 모르고 자꾸만 흘러내렸다.

*

전차의 창 밖은
빛으로 넘치고

기쁨으로 넘치고

생기가 이어진다.

이 세상과 이제 헤어진다고 생각하니

눈에 익은 경치가

갑자기 신선하게 다가온다.

이 세상이

인간이나 자연이나

행복이 넘쳐흐른다.

그런데도 나는 죽지 않으면 안 된다.

그런데도 이 세상은 너무나 행복한 모양이다.

그것이 내 슬픔을 달래준다.

내 가슴에 감동이 넘치고

가슴이 메어 눈물이 나오려 한다.

………

이 시는 1965년에 식도암으로 타계한 다카미 준(高見順) 씨가 죽기 한 해 전에 간행한 시집 『죽음의 늪에서』에 실린 작품으로, 「전차의 차창 바깥은」이라는 제목이 붙어 있다.

다카미 준은 태평양전쟁 패전 직후 폐결핵으로 죽음의 문턱에까지 갔었고, 10년 세월이 흐르고 나서 암으로 다시 죽음을 기다리는 지경이 되었다.

내가 10년 동안 죽음을 지켜보며 살아왔다고는 하지만 그것은 어디까지나 다른 사람의 죽음이었다. 내 스스로가 죽음을 지근거리에서 지켜보지는 않았던 것이다.

하지만 내가 구더기를 쓸어 모으면서 바라본 구더기의 빛이나 대나무 숲에서 본 실잠자리의 빛이, 이무라 의사가 아파트 주차장에서 본 광경이나 다카미 준이 전차의 창밖으로 본 빛과 동질의 빛으로 여겨짐을 어쩔 수 없었다.

어떤 장면에서도 마찬가지지만, 가슴이 메고 눈물이 줄줄 흘러내려 멈추지 않았다.

죽음에 다가가 죽음을 정면에서 똑바로 응시하노라면, 모든 것이 빛이 나는 것처럼 여겨지는 것일까?

그것이 어떤 빛이었느냐고 물어도 도저히 설명해줄 길이 없다.

내 손을 쥐고 '고맙구나!' 하고 말한 숙부의 얼굴에도, 죽은 여러 사람들의 얼굴에도, 저 빛의 잔영과도 같은 희미한 빛이 떠돌고 있다.

죽음과 대치하고, 죽음과 철저히 싸우며, 마지막으로 생과 사가 화해하는 그 순간에, 저 불가사의한 광경을 대하게 되는 것일까?

사람이 죽음을 받아들이려고 하는 순간에 무언가 불가사
의한 변화가 생겨나는지도 모르겠다.

*

나도 모르게 종교서적을 탐독하게 되었다. 번민 속에서
지내던 무렵에는 『탄이초』 한 권을 마음의 기둥 삼아 읽었
으나, 차츰 종교에 관한 것이라면 닥치는 대로 읽기에 이르
렀다.

그렇게 난독(亂讀)하는 가운데 저 불가사의한 빛에 관해
가장 명쾌한 대답을 내려준 것이 신란이었다.

부처는 불가사의의 빛 여래이고, 여래는 빛이니!

이렇게 단언하는 신란은 정말이지 명쾌했다.

신란의 주저(主著)는 『교행신증(敎行信證)』이다.

오늘날에는 정토진종 창시의 근본사상으로 받들어진다.

이 책을 펼치고 우선 알아차린 것은, 최초의 '가르침(敎)
의 권(卷)'이 다른 5권에 비해 극단적으로 짧다는 사실이었
다. 그것은 『교행신증』 전체의 결론부터 먼저 말하고 있기

때문이었다. 또한 다른 5권도 권두(卷頭)는 법원의 판결문처럼 한 줄의 결론으로 매듭짓고, 다음에 판결 이유를 장황하게 적어 놓는 식으로 만들어져 있었다. 신란은 '한 장짜리 기청문(起請文)'2)의 호우넨(法然)3)이나 도겐(道元)4)과는 달리 너무 장황하다고 어느 학자가 투덜거리기도 했다. 만약 그렇다면 이유를 읽지 않으면 될 일이다. 신란은 언제나 결론부터 먼저 이야기한다.

'그 진실의 가르침을 밝히면 그것이 대무량수경(大無量壽經)일지니'라고 하여 진실의 가르침을 설법한 것이 『대무량수경』이라고 간결하게 단정지었다. 그런 다음 경전이나 해석을 드러내어 이유를 설명한 것이 『교행신증』 제1권인 것이다.

이 『교행신증』을 읽기 시작하여 처음에는 이해하기 어려운 구절이 많아 몇 권이나 되는 해설서를 함께 읽어야 했다. 그런데 대다수의 해설서에서 '가르침의 권'의 해설이

*─────
　2) 호우넨이 입적하기 직전에 스스로 기록한 한 장짜리 유언을 말함. ―옮긴이
　3) 호우넨(法然) : 정토종을 창시한 신란의 사승(師僧). ―옮긴이
　4) 도겐(道元) : 가마쿠라 시대의 선승으로 일본 조동종(曹洞宗)의 창시자. ―옮긴이

도저히 해설이 아니라는 사실을 깨달았다. 책을 잘못 고른 탓인지도 모른다고 생각하여 저자를 바꾸어 가면서 온통 뒤지고 다니는 사이에 『교행신증』에 관한 책들이 수북하게 쌓이고 말았다.

그렇지만 어느 해설자도 명쾌한 해설을 하지 못했다. 개중에는 이 대목에서 신란의 입증 방법이 불가해(不可解)하다든지, 신란답지 않은 기묘한 방식이라든지 하면서 저명한 종교학자와 불교학자인 저자들이 고개를 갸웃거리기만 하는 것이었다.

그것은 석가가 생애에 걸쳐 설법한 가르침 중에서 구극의 진실을 말한 가르침이 『대무량수경』이라고 했는데, 무엇을 증거로 그렇게 단정했느냐는 것이었다. 신란이 느닷없이 논리를 도외시한 것 같은 단순한 이유를 들이밀었기 때문이다.

신란은 "석가의 얼굴이 빛났으니까!"라고 말한다. 『대무량수경』에 묘사된 석가여래의 얼굴이 빛나는 모습에 그 증거가 있다고 설명한다.

『대무량수경』에 있는 것은 불제자 아난다(阿難陀)가 석가여래의 모습이 보통과 달라 온몸에서 기쁨이 넘쳐나고, 말쑥하게 번쩍이며 빛이 났던지라 "어떻게 되신 것입니까?"

하고 물어보았다. 그랬더니 "용케 알아차리고 물었다"면서 아난다를 칭찬하는 장면이다.

이 경에 나오는 여래의 '광안외외(光顔巍巍)'의 모습과, 아난다가 그것을 알아차린 사실을 여래가 칭찬했다는 것만으로 신란은 『대무량수경』이 바로 진실의 가르침이라고 단정한다.

나는 신란의 이 같은 해석에 이루 말로 표현하지 못할 감동을 느꼈다. 그리고 신란의 사상이 실천에 의해 뒷받침되고 있음을 확신했다.

여기서 불교는 석가에 의해 실천된 종교이지 관념적인 이상이나 사상이 아니라는 사실을 재인식해야 한다. 그렇지 않으면 선(禪)의 '염화미소(拈華微笑)'5)와도 닮은 '광안외외(光顔巍巍)'에 관한 석가와 아난다의 대화가 이해하기 힘들어진다.

* ─────

5) 염화미소(拈華微笑) : 석존이 영취산에서 연꽃을 들어보였으나 대중이 모두 침묵하여 누구 하나 반응을 보이지 않았는데 가섭(迦葉)만이 그 뜻을 깨닫고 미소를 지었다. 그래서 석존은 그에게만 '정법안장(正法眼藏)' 등의 불교의 진리를 가르쳐주었다는 고사에 의한다. 이심전심으로 불교의 진리를 체득하는 묘(妙)로 일컬어지며, 선종의 기반을 이룬다. ─저자 주

신란은 또한 대(大)사상가였지만, 그 이전에 진실하게 살았던 종교가였다는 사실을 알아두어야만 한다.

신란이 『대무량수경』의 한 장면의 기재(記載)를 두고 진실의 가르침이라고 단정한 것은, 어지간한 종교적 확신이 없었더라면 상상할 수 없는 일이다.

오늘날 역사에 남은 대승불교(大乘佛敎)[6]의 경전 자체가 석가 사후 200년이 지나서 편찬된 것이다. 게다가 의역(意譯), 음역(音譯)과 나라마다 다른 문화의 영향을 받아가면서

*―――――

6) 대승불교(大乘佛敎) : 커다란 탈 것이라는 의미로, 많은 타자(他者)를 구하는 거대한 탈 것과 같은 불교라는 뜻에서 대승이라 칭했다. 기원전후로부터 승려의 교단과는 별도로 재가(在家) 불교 신자들의 단체가 각지에서 생겨났다. 그들은 스스로를 '보살(菩薩)', 즉 '깨달음을 구하는 자'로 불렀다. 보살이란 그때까지 부처의 생전을 이야기하는 본생화(本生話) 가운데에서 부처를 가리키는 단어로서 사용되어 왔다. 그런 것을 자신들 모두는 부처가 될 수 있으니까 보살이라 칭해야 옳다며 확신을 갖고 사용하기 시작했던 것이다. 그들 중에는 승려의 교단에서 참가한 자들도 숱했고, 그런 사람들이 중심이 되어 독자의 경전인 반야경, 법화경, 유마경(維摩經)*, 화엄경 등의 대승 경전을 지었다. 그들은 이 경전 가운데에서 반야의 공(空) 사상이나 영원한 생명으로서의 붓다(佛陀)를 찬탄하는 시를 읊었고, 깊은 감동 속에 붓다를 자신의 생명 안에서 체현한다는 입장을 제시해 갔다. ―저자 주

* 유마경은 유마거사와 문수보살이 나눈 대승의 깊은 뜻에 관한 문답을 기록한 불경. ―옮긴이

108

전파되었음을 고려하자면 석가여래의 생김새에 대한 묘사를 두고 거기서 진실의 가르침을 깨우친다는 발상은 예사 차원에서는 생겨나지 못한다. 하물며 교조적인 불교 연구자들로서는 이해될 턱이 없으리라.

시점(視點)이 완전히 다른 것이다.

신란은 '빛'과의 만남을 체험하고, '빛'을 엿보는 것에서 이 『교행신증』의 저작을 떠올렸을 것임이 분명하다.

빛과의 만남이란 여래(如來)와의 만남을 뜻하고, 빛의 세계를 엿본다는 것은 부처의 세계〔淨土〕를 엿본다는 의미이다. 신란은 이무라 의사가 본 빛이나 다카미 준이 마주친 빛, 미야자와 겐지가 죽음의 늪에서 바라본 해맑은 하늘이나 바람의 세계를 수없이 체험했을 것임에 틀림없다.

그렇게 이해하지 않고서는 이 문제가 풀리지 않는다.

이 불가사의한 빛의 현상은 이성으로는 이해하지 못할 이차원(異次元)의 현상이어서 실제 체험 이외에는 이해의 방법이 없다.

모든 종교의 교조에게 공통되는 것은, 그 생애의 어떤 시점에서 '빛'과 마주친다는 사실이다.

'우리는 세상의 빛이 되리'라고 말한 그리스도나, 천리교(天理敎)[7]의 나카야마(中山) 미키, 대본교(大本敎)[8]의 데구

치(出口) 나오 등 모든 교조들이 '태초에 빛이 있도다'에서
출발한 체험자였다.

신란 역시 '빛'의 체험자였다고 말할 수 있다.

그렇지만 신란이 이 '빛'을 불가사의광(不可思議光)으로
명명한 것처럼, 일상적으로 우리가 보지는 못한다. 볼 수
없다는 사실을 신(神)이나 부처 스스로 말하고 있다.

진실로 그대에게 이르노니 사람이 거듭 나지 않으면 누구

*－－－－
7) 천리교(天理敎) : 근세 말기에 농촌에서 발생한 서민적인 새로운
종교. 현재의 나라현(奈良縣) 덴리시(天理市)의 몰락 지주 집안의
주부인 나카야마(中山) 미키가 무사들이 지배하던 막번(幕藩)체
제가 무너져 가는 가운데 가족제도의 중압과 과중한 노동, 남편의
방탕, 사랑하는 자식의 죽음, 자신과 가족의 질병 등에 고뇌하는
사이에 빛을 대하고 신이 내려 자신이 신을 모셨음을 선언한다.
처음에는 몇 번씩이나 엄청난 탄압을 받았으나 19세기 말에 이르
러 큰 발전을 이뤘다. —저자 주
8) 대본교(大本敎) : 20세기 초에 일어난 신도(神道)의 일파. 창시자
로 일컬어지는 데구치(出口) 나오는 교토에 사는 목수의 미망인으
로, 밑바닥 생활 속에서 빛을 대하고 신이 내렸음을 주장했다. 신
비적인 종말 예언으로 한때 크게 발전했으나 그 종말론적 세상 바
로잡기의 사상으로 인해 당국의 극심한 탄압을 받았다. 마침내 치
안유지법 위반, 불경죄 등에 걸려 창시자를 위시한 교단 간부들이
무기징역에 처해졌고, 결사가 금지됨으로써 교단이 거의 괴멸상
태에 빠졌다. —저자 주

도 하느님의 나라를 보지 못하리니.

── 요한복음 제3장

내가(부처) 거기에 서 있음에도 불구하고 나를 보지는 못하
느니라.

── 법화경 여래 수량품(壽量品)

보살행(菩薩行)의 미야자와 겐지도 「봄과 수라(修羅)」라는
시에서 "도롱이를 걸치고 나를 쳐다보는 저 농부 / 정말로
내가 보이는 것일까……"라고 읊었다.

『어린 왕자』의 생텍쥐페리 역시 "그래, 집이건 별이건 사
막이건 그 아름다운 면은 눈에 보이지 않아"라고 어린 왕
자의 입을 빌어 말한다.

보이지 않으나 분명히 존재하는 그 무엇인가를 우리 인
류는 먼 옛날부터 신이라고 부르거나 부처라고 불러왔던
것 같다.

신란은 이 '빛'을 '무애광(無碍光)'이라고 하거나 '불가
사의광'이라고 불렀다.

4세기의 간다라9)에서 세신(世親)10)이 명명한 '진십방무
애광여래(盡十方無碍光如來)'라는 명호(名號)도 자주 언급하

고 있다.

또한 바로 그 광여래는 『대무량수경』에 12개 성질의 빛으로 정의되어 있다.

무량(無量), 무변(無邊), 무애, 무대(無對), 염왕(炎王), 청정(淸淨), 환희, 지혜, 부단(不斷), 난사(難思), 무칭(無稱), 초일월(超日月)이라 이름 붙여졌으며, 진종에서는 12광이라고 부른다.

헤아릴 수 없고, 경계도 없으며, 해맑은 자재(自在)의 빛이고, 견주지 못할 밝은 빛이며, 깨끗하고, 기쁨에 넘치며, 지혜의 빛이고, 풀어내거나 설명할 수도 없는 빛이라는 것이다.

이렇게 설명을 해보았자 점점 더 헷갈리기만 하며, 이미지가 그려지지 않는다.

그러나 『교행신증』이나 『탄이초』를 비롯한 신란의 말과 행동을 총체적으로 바라볼 때, 신란이 지녔던 여래의 세계가 확신의 기반 위에 이미지화되었던 것으로 여겨진다.

*─────
9) 간다라 : 고대 인도에 속했고, 현재는 파키스탄의 북서부 지방.─옮긴이
10) 세신(世親) : 4, 5세기경 북부 인도에서 살았던 승려. ─옮긴이

그렇게 추측하는 까닭은 역사에 남겨진 신란의 말과 행동이 멋지게 합목적적으로 통일되어 있기 때문이다.

상반되는 언동도 주의 깊게 살펴보면 하나의 방향에서 비치는 빛에 비쳐지고 있음을 알아차리게 된다.

그것은 '최초에 이미지가 있다'는 바탕 위에서 모든 것이 성립되었다는 사실에 다름 아니다.

우리는 거의 깨닫지 못하는 채 스스로가 그리는 이미지로 행동한다. 행동한다기보다 뇌에 나타난 이미지가 행동시킨다는 편이 오히려 더 정확할지 모르겠다.

비근한 예로는 어느 술집 여주인의 이미지가 좋다고 해서 그 집에 뻔질나게 들락거린다거나, 여성들의 경우에는 우뇌와 좌뇌[11]와 상관없이 이미지 그대로 행동에 옮긴다. 그래서 이미지에 합치하면 좋아하게 되고, 이미지에 맞지 않으면 싫어하게 된다. 그런데 이미지도 일종의 가설이어

＊－－－－－

11) 인간의 대뇌는 우뇌와 좌뇌의 역할이 다르다고 한다. 좌뇌는 '로고스 뇌'라고 하여 언어나 논리, 계산을 맡아 생각하거나 이야기하는 역할을 담당했다. 우뇌는 '파토스 뇌'라고 하여 울거나 웃거나 느끼거나 하는 역할을 한다는 것이다. 하지만 이것은 서양인의 뇌의 역할이다. 일본인은 오히려 로고스도 파토스도 좌뇌에서 처리하고, 우뇌는 오로지 이미지 기억에 사용되는 것으로 전해진다. —저자 주

서, 이미지에 맞다고 착각하여 결혼하고, 실제로 함께 살아본 다음에 이미지가 달랐다면서 이혼하거나 하는 수가 종종 있다.

경마나 파친코 등의 도박에 정신을 빼앗긴 사람들은 그만두려고 작심을 해도, 땄을 때의 이미지가 떠오르기만 하면 저절로 경마장이나 파친코 점포로 어슬렁어슬렁 걸음을 옮기곤 한다.

최근 스포츠의 세계에서도 이미지 트레이닝이라는 수법이 도입되었다. 승리한 순간의 이미지를 그려보면서 훈련하는 방법이다.

또한 세계의 수많은 세일즈맨에게 영향을 끼친 나폴레옹 힐의 성공철학서 등은 결국 성공하리라는 자신의 미래상을 이미지로 그려, 포기하지 않고 노력하면 반드시 성공할 것이라는 점을 밝힌 책이다.

그려진 이미지로 행동하는 것은 인간뿐만이 아닌지 모른다. 예를 들어 이제 막 태어난 집오리의 새끼를 어미에게서 떼어놓고, 인간이건 강아지이건 집오리 새끼와 잠시 함께 있게 만들면 평생을 졸졸 뒤따라 다니게 된다. 또한 소나무를 심을 때 그 소나무를 되도록 곧게 자라도록 하고 싶으면, 곁에다 삼나무를 심으면 된다는 이야기가 있다. 소나무도 곧장 똑바로 자라는 삼나무의 이미지로부터 영향을 받는지 알 수 없다.

그러나 두려운 것은 이 이미지를 역으로 컨트롤하는 인간이 나타나곤 한다는 사실이다. 카리스마적인 정치가나 종교인은, 사람들에게 아름다운 이미지를 그리도록 만든다. 그렇게 해서 자신의 욕망을 채우기 위해 선의의 약자를 교묘하게 이용한다.

어쨌든 이미지가 인간의 행동에 커다란 연관이 있다는 사실은 분명하다. 그리고 대상이 되는 것이 똑같더라도 거기에 대한 이미지는 사람마다 달라진다.

미시마 유키오의 죽음의 이미지와 후카자와 시치로의 죽음의 이미지는 다른 것이다. 최초의 이미지 단계에서 달라지면 똑같은 죽음을 다룬 작품이더라도 전혀 이질의 내용이 되어 버린다.

이미지란 행선지(결론)를 가리킨다. 행선지가 최초에 있고, 가는 방법이 정해지는 것이다. 결코 가는 방법이 먼저이고 행선지가 뒤인 경우는 있을 수 없다.

교토(京都)로 가겠다는 행선지가 정해진 다음에야 교토행 티켓을 살 수가 있는 것이다. 아무렇게나 티켓을 사다보니 우연찮게 교토에 도착했다는 식의 일은 있을 수 없다.

오늘날의 기존 종교 교단들이 보여주는 혼미는 가는 방법에 관한 회의에만 경황이 없고, 행선지가 명확하지 않다는 데 문제가 있는 것 같다.

이미지가 분명하지 않은 것이다.

신란이 『교행신증』을 언제쯤 완성했는지 확실치 않다. 하지만 50대에 히타치(常陸)[12] 지방에서 초고를 쓰고, 예순을 넘긴 뒤 교토로 돌아와서 완성했다는 것이 통설로 굳어져 있다.

그야 어쨌거나 인생 50년이라고 일컬어지던 시절의 일임을 감안하자면, 인생을 죄다 경험한 만년의 작품이라고 할 수 있다. '진불토(眞佛土)'와 '아미타여래'의 이미지가 신란의 뇌리에 선명해지고, 그 존재를 확신한 상태에서 집필에 들어갔다는 사실만큼은 모든 문장이 결론에서부터 시작되고 있다는 것을 보더라도 틀림이 없다.

*

*————

12) 히타치(常陸) : 옛 지명으로 현재의 도쿄 인근 이바라기현(茨城縣) 지역임. —옮긴이

바람이 빛났다. 고개를 들어 하늘을 올려다보니 조금 전까지 수시로 눈에 띄던 소나기구름이 사라져버리고, 청자색(青磁色)의 하늘이 투명하게 펼쳐져 있다.

먼 곳에 제트구름이 뻗어 있다.

한동안 그 제트구름을 쳐다보고 있는 사이에, 실제로 제트기의 모습은 보이지 않으나 일직선의 구름이 있다는 사실은, 제트기가 분명히 존재했었다는 것을 뜻한다고 생각했다.

그리고 그 투명한 빛이 보이지 않더라도, 내 숙부가 보여준 '광안외외(光顔巍巍)' 한 얼굴이나 이무라 의사와 다카미준이 남긴 기록이 불가사의한 빛의 존재를 확실하게 증명하고 있는 것이라고 여겨졌다.

신란이 이 '빛'을 불가사의광으로 명명한 대로, 이 빛을 대하면 불가사의한 현상이 일어난다.

우선 생에 대한 집착이 사라지며, 동시에 사에 대한 공포도 없어진다. 편안하고 산뜻한 기분이 되고, 모든 것을 받아들이는 심정으로 바뀌는가 하면, 모든 것에 대한 감사의 마음이 넘쳐흐르는 상태가 된다.

이 빛을 대하면 저절로 그렇게 되는 것이다.

위독한 상태의 환자가 갑자기 부드러운 얼굴이 되어 '고

마워요' 라고 인사하거나, 말은 하지 못하는 경우에라도 감사의 기분이 넘쳐흐르는 눈길을 던지는 임종의 자리에 입회해본 사람도 많다. 그럴 경우 사람들은 "이봐, 그 친구 멀지 않아 숨을 거두겠더군! 병문안을 갔더니 부처님 같은 표정을 짓고 있었다니까!" 라고 이야기하곤 한다.

삶에의 집착이 사라지고, 죽음에 대한 공포가 없어진다는 사실은 번뇌가 소멸하고 생사를 초월했음을 의미한다. 편안하고 산뜻한 기분이 된다는 사실은, 적멸(寂滅=열반)을 얻었음을 뜻한다. 모든 것을 받아들이는 심정이 되었다는 사실은, 선악을 초월했음을 의미한다. 모든 것에 대한 감사의 마음이 넘쳐흐른다는 사실은 회향(回向)을 뜻함에 분명하다.

이렇게 정리하노라니 이 빛을 대한다는 사실이, 대승불교가 겨냥하는 최종 목표에 일순간에 도달하는 셈이 되어 버렸다.

이것을 신란은 "일념(一念) 수유(須臾=일순) 사이에 재빨리 달리는 무상정진도(無上正眞道)를 초증(超證)한다, 그래서 횡초(橫超)라고 한다"고 말하면서, '횡초'라는 단어로 빛의 현상을 설파했다.

횡초란 옆쪽으로 넘어선다는 의미이다.

또한 모든 것에 대한 감사가 넘쳐흐르는 현상을 회향이라고 했다. 바로 이 회향이야말로 정토진종의 근간을 이루는 사상인 것이다.

그랬기에 신란은 『교행신증』의 첫머리에 이렇게 적었다.

삼가 정토진종을 떠올리건대 두 종류의 회향이 있으니
하나는 왕상(往相), 다른 하나는 환상(還相)이로다.

정토진종의 최대 특징은 두 종류의 회향이라는 사실부터 밝혀둔 것이다.

이 두 종류의 회향이야말로 신란이 지녔던 모든 사상의 결론이자 행선지였다.

그것이 무슨 이야기인가 하면, 신란 이전까지의 회향은 자신이 쌓은 선근(善根)을 부처에게로 돌리는 것이었으나, 신란은 거꾸로 부처 쪽에서 중생 쪽으로 향하는 것이 회향이라고 정의했다. 그리고 부처에 대한 감사가 왕상 회향이고, 그 부처로부터의 자비가 환상 회향이라고 하여, 이 두 종류의 회향이 동시에 저절로 작용하는 현상을 광여래의 본원(本願)으로 포착했던 것이다.

그것이 정토진종의 특징이 보은 감사의 사상이라고 일컬어지는 이유이다.

타력(他力) 본원이란 인간의 의사나 행위와는 관계없이, 여래의 본원(=우주의 진리)으로서 나타나는 불가사의한 빛의 현상이라고 말할 수 있다.

가령 여기 어느 말기암 환자인 여성의 시가 있다.

생사

죽음이라는 것을
자각하니
삶이라는 것이
더욱 강하게 떠올랐다

상반하는 것이
융합하여
편안해지는 불가사의……

동료

죽음이라고 하는
절대 평등의 몸이 되면
누구라도
용서할 것 같은 기분이 듭니다.
처량하게
오가는 사람도
무언가 정겨운 마음이
넘쳐납니다.

이 시는 스즈키 아키코(鈴木章子)라는 정토진종 승려의 아
내가 유방암 진단을 받고 쓴 작품이다. 4년 동안이나 죽음
과 싸우고, 죽음을 받아들이고자 하던 순간의 글이다. 그리
고 마침내 이렇게 모성애로부터 부처의 사랑으로 이행한
회향을 이룬다.

아무것도 미련을 남길 일은 없다
이제 충분하다
게이스케(啓介)도……… 다이스케(大介)도……… 신스케(愼

介)도·········

아미(アミ)도········· 당신도

모두 나무아미타불

이번에는 나무아미타불의 모든 부처가 되어

당신들을 키워 주리다.

나는

나는 신야의 나무아미타불이 되겠습니다.

나는 게이스케의 나무아미타불이 되겠습니다.

나는 다이스케의 나무아미타불이 되겠습니다.

나는 신스케의 나무아미타불이 되겠습니다.

나는 신고(眞吾) 씨의

나무아미타불이 되겠습니다.

··························

문도(門徒) 여러분, 인연이 있는 여러분들의

나무아미타불이 되겠습니다.

기억이 나거든

나무아미타불이라 불러 주세요.

나는 항상 당신들에게 나무(南無)하고 있을 테니까요.

— 『암 진단을 받은 뒤에―나의 여시아문(如是我聞)』

(스즈키 아키코 저)

앞의 두 편의 시에 비춰보자면, 완전히 미타(彌陀)에 몸을 맡긴 상태에서 언어를 자유롭게 운용하고 있다. 즉 부처의 언어가 되어 있는 것이다.

이런 회심(回心) 현상을 신란은 미타의 본원에 의한 진종의 회향이라고 했다.

신란의 회향은, 살아갈 수 있음에 대해 넘치는 보은 감사가 아미타여래의 본원(=우주의 진리인 빛의 현상)에 의해 저절로 생겨난다고 했다.

실제로 장례식 등에서도 정토진종의 장례는 회향(=보은 감사)이 기조가 되어 있고, 다른 종파에서처럼 성불로의 인도(引導)와 같은 절차는 없다. 인도가 없으므로 도사(導師)도 필요 없겠지만, 진종의 승려 가운데에도 자신이 성불을 도와주고 있다고 착각하는 듯한 승려가 많다.

타력이란, 여래가 성불시키는 것이지 인간이 좌우하는 것이 아니다. 아미타여래가 되지 않으면 할 수 없는 일이다.

신란 사상의 커다란 특징 가운데 하나는, 광여래를 만나 '사즉불(死卽佛)'이 되는 것이다. 여래에 의해 사즉불이 되니까 인도도 필요 없으며, 위패나 로쿠몬센, 지팡이 역시 필요 없다. 삼도천도 염라대왕도 관계가 없으므로 추선공양(追善供養)[13]도 필요 없다. 그러니까 진종에서는 추선공양이라 하지 않고 법요(法要)라든가 보은강(報恩講)이라고 부른다.

요컨대 신란은 불교가 전래되는 도중에 중유(中有=中陰)의 사상에 얽매이게 된 중국의 10왕 사상[14]을 배제했던 것이다. 그러나 중유까지 완전히 부정한 것은 아니다.

여기서의 '중유'에 대한 해석이 신란 사상을 이해하는 데 중요한 포인트가 된다.

대부분의 일본 종교에서는 사람이 죽으면 영혼이 떠돈다는 것을 전제로 한다.

그것이 위패나 추선공양 따위의 영혼과 연관된 장송(葬送) 의례양식과 풍습을 낳았다. 그렇지만 신란은 며칠간,

* —————
13) 추선공양(追善供養) : 죽은 사람의 명복을 빌며 올리는 공양. — 옮긴이
14) 10왕 사상 : 사후의 세계에서 10명의 왕에게 생전의 죄업을 재판받는다는 중국 민간신앙과 불교사상과의 혼합설을 설파한 사상. 77기(忌), 100회기(回忌), 1주기(周忌) 등 추선공양과 짝을 이뤄 크게 유행했다. 참고로 왕의 이름은 진광왕(秦廣王), 초강왕(初江王), 송제왕(宋帝王), 오관왕(伍官王), 염마왕(閻魔王) 등 10명인데 염라대왕이 가장 유명하다. —저자 주

몇 달간이나 떠도는 영혼에 관해서는 철저히 부정했다.

신란의 중유에 대한 이해는 미야자와 겐지의 임사(臨死) 체험의 시 「눈으로 말하다」에 나오는 것처럼, 몸 밖으로 이탈한 내가 허공에 머무는 시간을 가리키는 듯하다. 허공에 뜬 그 제3의 시점(視點)에서는 '참담한 내 몸'도 보이고, '너무나도 아름다운 파란 하늘'도 보이는 것이다.

거기서 참담한 경치(=現世)를 곁눈질하면서 해맑은 하늘(=淨土)로 직행하는 셈이어서 죽음은 어디에고 없다.

사체나 영혼이나 사후의 세계 등은 참담한 세상에서 사는 사람들의 관심사일지 몰라도, 죽은 사람으로서는 상쾌한 바람의 세계로부터 해맑은 세계로 가는 것일 따름이다.

거기에는 죽음도 없으므로 '왕생(往生)'이라고 한다.

석가나 신란에게는 영혼이나 사후의 세계가 개재할 여지도 없었다.

죽음조차 없었다. 있었던 것은 대열반뿐이었다. 분명히 시신은 있었음에 틀림없다.

그러나 그것은 빛의 세계(=眞佛土)로 가고 난 다음에 남은 매미의 허물과 같은 것이다.

시신의 처리 따위야 재가(在家)의 인간들에게 맡겨버리면 그만이라고 말한 것은 석가이다. 신란 또한 시신에 관해서는 '나 눈감으면 가모강(賀茂川)에 넣어 물고기에게 주도록 하라'고 말했다. 바로 벗겨놓은 허물 취급이라 할 수 있다.

뒤집어서 이야기하면 자신의 사체를 허물 취급할 수 있었던 인물만이 각자(覺者)였다고 할 수 있는 것이리라.

석가가 설법한 불교의 교리는, 모두가 실천과의 관계에 있어서만 그 의의가 인정되는 것이다. 석가는 실천과 관계 없는 형이상학의 문제에는 아무 대답을 하지 않는다.

신란 역시 그 점을 충실하게 지켜 진실 하나로 살아간 구도자였다.

그러므로 신란의 '정토'나 '쇼조쥬(正定聚)' 15)의 이미지는, 실증 가능한 진실의 범위에서 일탈하고 있지 않는 것이다.

'쇼조쥬'라는 것은 깨달음을 얻은 보살을 가리킨다. 보살이란 부처가 될 것을 약속받은 사람을 말한다.

석가 출현 이래 신란이 나오기 전까지의 흐름 가운데, 이 보살의 위치는 간난신고(艱難辛苦)의 수행 끝에 얻어지는 부

*————

15) 쇼조쥬(正定聚) : 열반에 이르기를 약속받았음을 뜻함. 그런 의미에서 여기서는 성불을 약속받은 자라는 뜻으로 보살과 똑같이 다루었다. —저자 주

처의 다음 가는 최고 지위로 여겨져 왔다.

그런데 신란은 사람이 죽음을 정면으로 쳐다보고, 죽음을 받아들이고자 마음먹은 때(즉 염불하려고 마음먹은 때), 저절로 무애의 빛을 맞아들여 그 빛에 의해 '쇼조쥬'로 결정되어 반드시 성불한다고 했다.

히에이잔(比叡山) 엔랴쿠지(延曆寺)의 수행승들이 신란의 가르침을 사이비로 규정지어 염불 교단을 박해한 근저에 깔린 이유는, 아무 수행조차 하지 않고 저절로 쇼조쥬가 될 수 있다는 말을 용납하기 어려웠기 때문임에 분명하다.

세상의 도리에서 볼 때에도 엄격한 수행을 한 자가 그 위치에 오르는 것이 당연하다는 성도문(聖道門)[16]의 주장이 설득력이 있으며, 염불만으로 반드시 쇼조쥬가 된다는 식의 이야기는 아무래도 설득력이 모자랐다.

수행승의 입장에서 보자면 신란에 의해 보살이 헐값 대접을 받는 것 같은, 도저히 용납하기 어려운 기분이 들었을

*─────

16) 성도문(聖道門) : 아미타불의 맹세를 믿고 거기에 매달려 사후에 정토로 가 깨달음을 얻으려는 정토문에 대하여, 자신의 능력에 의지하여 수행한 뒤 이 세상에서 깨달음을 얻고자 하는 것이 성도문이다. 당나라의 도작(道綽)이 석가의 가르침을 2개의 문으로 나누어 『안락집(安樂集)』에서 설파했다. ─저자 주

것임이 분명하다.

신란의 아미타 신앙은 어떤 사람이건 '무애의 불가사의 한 빛'을 반드시 대할 수 있다는 절대의 확신에서 나왔다. 그리고 어중간한 수행 따위는 당시 서민들의 생활고보다 더 형편없다는 사실을 히에이잔 산 속에서 20년 동안이나 신물이 나도록 목격해 왔던 것이다.

또한 여하한 고행을 쌓더라도 99도에서는 물이 끓지 않듯이, 100퍼센트 죽음에 이르는 고행이 아닌 다음에야 '빛'을 만날 수 없는 법이다. 따라서 어지간한 고행으로는 아무 의미를 찾지 못한다.

그보다 더 터무니없는 것은, 죽음에 이르는 고행을 쌓았다손치더라도 사즉불(死卽佛)이 되어 버리는 경우가 압도적으로 많다는 사실이다. 그렇다고 한다면 무엇을 위한 수행이었는가 하는 회의가 들지 않을 수 없다. 이처럼 성도문의 수행에는 엄청난 도박이 수반되는 셈이다.

그런데 현실에서는 석가와 같은 고행을 한다면 또 몰라도, 고작 어중간한 수행 과정에 있으면서 흡사 다 깨달은 자와 다름없는 표정을 짓는 경우가 왕왕 목격된다. 심지어는 그들이 성불의 인도(引導)까지 버젓이 행하곤 한다.

이런 사실은 800년 전의 신란의 시대나 오늘날이나 그다지 변함이 없는 듯하다.

단지 여기서 오해를 피하기 위해 밝혀 두건대, 석가가 죽음에 이를 지경으로 고행한 끝에 보리수(菩提樹) 아래에서 진여(眞如)의 빛을 받아 깨달음을 얻은 것은 나이 서른다섯 때의 일이다. 이후 여든으로 육체의 죽음을 맞기까지의 45년 간 생사를 초월한 '생'이 있었다는 사실을 잊어서는 안 된다.

깨달음을 얻은 다음부터의 45년, 그것이 위대한 것이다.

쇼조쥬에도 여러 가지가 있다. 여러 가지가 있다는 것은 우열이나 상하가 있다는 의미가 아니다. 모두 다 보살이긴 하지만 쇼조쥬가 되어 1분 만에 죽는(부처가 되는) 경우와, 내 숙부처럼 6시간 후에 죽는 경우, 미야자와 겐지나 다카미 준처럼 1년 가량 더 사는 경우가 있다는 뜻이다. 그러나 보통의 인간은 병상에 드러누운 채 끝나버리고 만다.

특히 오늘날에는 숨을 거두는 순간까지 삶에 집착하여 죽음을 받아들이려 하지 않으니까, 보살의 상태가 되어 삶을 유지하는 시간도 없다. 게다가 삶에만 가치를 두고 죽음을 악으로 여기는 육친권속(六親眷屬)[17]들에게 둘러싸이고,

*━━━━
17) 육친권속 : 부, 모, 형, 제, 처, 자의 여섯 가족. ─옮긴이

연명(延命) 제일주의를 주창하는 의사들까지 달라붙어서 '생'을 응원하는 경우가 허다하다. 그런지라 '사'를 제대로 받아들여서 거기에 대처할 시간마저 없다. 거의 모든 경우 안심(安心)을 얻지 못한 채 사즉불이 되어 버린다.

다만 편안한 표정만이 성불 성취의 증거로서 남는다.

석가와 같이 빛에 감싸인 육체의 틀을 벗어난 마음이, 여전히 생을 지닌 육체에 의해 유지되면서 45년이나 지속된 것은 인류의 기적으로밖에 더 이를 말이 없다.

인류 수천 년에 단 한 명의 기적이었는지도 모르지만, 그것은 분명한 실재였다.

신란은 이런 진실의 실상을 확실하게 인식했다.

대적정(大寂定)에 들어가시어
여래의 빛을 얼굴에 머금으시고
아난(阿難)의 혜견(慧見)을 보시어서
문사혜의(問斯慧義)라 칭찬하시다

신란은 그런 깨달음에 스스로가 칭찬받은 것처럼 위와 같은 와산(和讚)[18]을 짓고, 석가여래가 아미타여래와 '불불상념(佛佛想念)'하여 일체(一體)가 되시고, 그것은 대적정(=

열반)에 들어가신 것으로, 거기에서 터뜨려진 말씀은 저절로 여래의 진실인지라 『대무량수경』이야말로 진실의 가르침이라고 단정했다.

신란의 모든 사상이 성불한 석가의 얼굴에서 드러나는 빛으로 수렴(收斂)되고 있는 것이다.

*

"경하할 것도 / 치우 구라이라 / 나의 봄이란"

이 한 구절의 시는 고바야시 잇사(小林一茶)19)가 1819년 정월을 맞으면서 지은 작품이다.

이 시를 이해하려면 우선 '치우 구라이(位)'라는 신슈(信州)20) 사투리를 모르면 안 된다.

어정쩡한, 미적지근한, 이것도 저것도 아닌…… 그런 뜻이다. 그러나 이 사투리의 의미를 아는 것만으로는 충분하

*————

18) 와산(和讚) : 일본말로 된 경문의 게(偈)를 일컬음. ─옮긴이

19) 고바야시 잇사(小林一茶) : 에도 시대였던 18세기말과 19세기초에 활약한 일본 전통 시가의 명인. ─옮긴이

20) 신슈(信州) : 현재의 나가노현의 옛 지명. ─옮긴이

지 않다. 이 시의 앞에 나오는 문장을 읽을 필요가 있다.

　"강바람(=메마른 바람)이 불면 날아가는 넝마주의의 너덜
너덜한 집일진대 가도마쓰(門松)[21]도 세우지 않고 그을음도
털어내지 않으며, 눈 덮인 산길이 굽은 것처럼 올해의 봄도 당
신에게 맡긴 채 맞으련다."

　이 같은 문장이 시의 앞에 적혀 있는데, 여기 나오는 '당
신에게 맡긴다' 는 표현이 중요하다. 여기서의 당신에게 맡
긴다는 것은 아미타여래에게 맡긴다는 의미로 사용되고 있
는 것이다.

　다시 말해 아미타여래에게 맡긴 몸인지라 새해가 와도
청소도 하지 않고 가도마쓰도 세우지 않으며, 있는 그대로
의 정월을 맞는다. 그러므로 경하할 일인지 어쩐지 어정쩡

*－－－－
　21) 가도마쓰(門松) : 일본에서 새해맞이를 위해 문 옆에 세우는 소나
　　　무와 대나무 장식. —옮긴이
　22) 아르튀르 랭보 : 「지옥의 계절」이라는 작품으로 유명한 프랑스의
　　　시인. 1854년에 태어나 십대에 문학적 생애의 절정에 이른 천재
　　　시인이었으나 19세에 절필한 뒤 37세로 죽을 때까지 장사꾼으로
　　　세계 각지를 떠돌아다님. —옮긴이

하기만 한 자신의 정월이라고 노래한 것이다.

나 또한 아르튀르 랭보[22]처럼 시인으로서 영원을 기약하지도 못하고, 시인 따위는 팽개쳐버리고 장사꾼으로서 현실을 살아가려고도 하지 않는 인간이니 그야말로 '치우 구라이'(어정쩡한) 인생을 보내는 수밖에 없겠다.

"만약 인간이 스스로의 시간을 갖지 못한 채 죽지 않을 수 없다고 한다면, 시인들이 가장 먼저 죽어야 한다."

이렇게 외친 사람은 프랑스 시인 엘뤼아르인데, 이 말에도 진실이 있다.

하느님이나 부처가 빛이고, 그리스도나 석가가 빛의 정통을 이어받은 적자(嫡子)라면, 시인은 빛의 사생아이다. 따라서 그늘진 삶을 살아갈 수밖에 도리가 없는 존재일지도 모른다.

귀인(貴人=여래광)이 낳은 사생아는 어릴 때 부모와 떨어져 신분을 밝히지 못한 채, 세상을 숨어서 살아갈 운명이라는 것이 일반적인 관례이다.

시인이란 서글픈 존재인 셈이다. 비도 아니고 눈도 아닌 진눈깨비라는 존재가 있듯이, 각자(覺者)도 아니고 보통 사람도 아닌 시인이라는 존재가 있다.

　신란 역시 자신은 승(僧)이라고도 하지 못하고 속(俗)이라
고도 하지 못하는, 그 어느 쪽이라고도 규정짓지 못하는 존
재라는 사실을 자각했다. 그래서 스스로 우독(愚禿)[23] 신란
이라고 자칭했다.

　　정말이지 아무것도 모르는 우독 신란
　　애욕의 넓은 바다에 빠지고
　　명리(名利)의 큰 산에 미혹되어
　　쇼조쥬의 숫자에 들어가는 것을 기뻐하지 않고
　　진중(眞證)의 증거에 다가가는 것을 기꺼워하지 않고
　　부끄러워하고 아파하리니

　그는 이렇게 스스로의 어중간한 모습을 정직하게 털어놓
지 않으면 안 될 만큼 성실하고 서글픈 존재였다.

　신란이나 도겐, 그리고 료칸(良寬)[24] 등 위대한 착한 사람
은 다들 시인이기도 했다.

*————
　23) 우독(愚禿) : 승려가 자신을 낮추어 겸손하게 이르는 말. ─옮긴이
　24) 료칸(良寬) : 에도시대 후기의 승려 겸 가인(歌人). ─옮긴이

나는 시인이라는 인간들이 어떻게 이 세상에 태어났는지 예전부터 불가사의하게 여겨 왔다.

아버지가 행방불명되고, 어머니가 집을 나갔던 소년 시절, 집 뒤쪽에 있는 창고의 하얀 담벼락을 등지고 서서 홀로 석양을 바라보던 무렵부터 시인이라는 존재를 불가사의하게 여기며 살아왔다.

최근 들어 이 세상에 시인이 생겨나는 것은 인생의 초기 단계로, 저 불가사의한 빛과 연관되어 있는 게 아닐까 하는 생각이 뇌리를 스치곤 한다.

왜냐하면 세상의 시인들을 보노라면, 살아가는 모습이 시 작품과는 딴판으로 결코 아름답다고 할 만한 것이 아니었으며, 더구나 행복하다고 말할 수 있는 생애도 발견되지 않기 때문이다.

그리고 그 시인들이 사는 모습에는 하나의 공통적인 패턴이 드러난다.

우선 시인들은 한결같이 물질에 대한 집착이 없다. 게다가 힘조차 없음에도 남에 대한 배려나 친절함이 두드러진다. 또한 생존경쟁 속에서 무엇을 하건 패자가 되기 일쑤다. 순수하고 아름다운 것에 곧잘 선망의 눈길을 던지면서, 애욕이나 술에 추하게 빠져든다. 죽음을 잘 인식하는 편이면서도 이상하게 삶에 집착하기도 한다.

더구나 시인들은 언어로 표현하는 것에 견주어 자신의 행동은 허술하기 짝이 없고, 세상과 멀찌감치 떨어져서 살아가는 식의 패턴이 많다.

어째서 이 같은 서글픈 삶의 궤적을 더듬어가는 것일까? 불가사의하게 여기는 사이에 바로 저 불가사의한 빛 때문이 아닐까 하는 의문이 들었다.

불가사의한 빛을 대하면 삶에의 집착이 희박해지고, 동시에 죽음에의 공포 역시 희미해진다. 편안하고 깨끗한 기분에 젖어 모든 것을 용납하는 심경이 된다. 배려의 심리가 부풀어 오르고, 모든 것에 대한 감사의 마음이 넘쳐흐르는 상태로 바뀐다.

이와 같은 상태에 빠진 사람을 불교에서는 보살이라고 부른다.

성도문의 수행승은 이런 보살이 되는 것을 최종목표로 삼아 노력하고 있지만, 생존경쟁의 현세에서 보살의 마음을 지니고 살아간다는 것은 불가능한 일이다.

예를 들어 보살의 배려란 완전히 상대의 입장에 서는 것이다.

소의 입장이 된다면 소고기 스테이크를 먹을 수 없다. 살아 있는 것에 대한 배려는 바로 그 살아 있는 것을 죽이지 않는 데서 시작된다.

농사를 짓다보면 괭이로 벌레를 죽일지 모른다. 벼의 해충이나 해로운 새들도 인간들이 멋대로 낙인을 찍은 것에 지나지 않는다.

물고기

바다의 물고기는 불쌍해.

쌀은 사람들이 길러주고,
소는 목장에서 키우며,
잉어도 연못에서 밀기울을 받아먹는다.

하지만 바다의 물고기는
누구의 신세도 지지 않으며,
짓궂은 장난도 치지 않는데,
이렇게 나에게 잡아먹힌다.

참으로 물고기는 불쌍해.

20세기 초, 스물여섯의 젊은 나이에 요절한 천재 동요시 인 가네코 미스즈의 눈도 보살의 마음이었다.

목숨을 유지하기 위해서는 다른 목숨을 희생으로 삼지 않을 수 없다. 그런 가운데 보살이 인간의 육체를 갖춘 채 그 목숨을 유지해가는 것 자체가 불가능한 일이다.

'보시(布施)'란 보살도를 걷는 승려의 목숨 유지를 바라 는 무상(無償)의 행위이다.

석가가 보리수 아래에서 목숨 유지가 극한에 달했을 때, 모르는 소녀가 준 한 잔의 우유야말로 보시라는 것이리라.

신란이 말했다. 보살이 무엇인지를 알면 알수록 자신으 로서는 도저히 불가능한, 가능하다고 여기는 순간 기만이 생겨난다. 하물며 성도문의 고행 따위로 깨달음을 얻는다 는 것은 터무니없는 짓이다. 석가조차 죽을 만큼 고행을 했 건만 얻지 못했지 않은가. 스승인 호우넨(法然)의 가르침에 따라 '불가사의광'을 믿기만 하면 된다. 나무(南無) 불가사 의광의 보통 인간으로 충분하다. 이렇게 신란은 인간으로 서 진실하게 살아가는 길을 택했던 것이다.

만약 시인들도 자신의 생애의 어딘가에서 저 불가사의한

빛의 미광(微光)이라도 스쳤다면, 그야말로 서글픈 존재가 되지 않을 수 없다.

「비에도 지지 않고」[25]와 같은 배려의 심정으로는 이 세상을 살아가지 못한다.

*————

25) 미야자와 겐지가 죽은 뒤 여러 미발표 원고가 들어 있던 트렁크 속에서 나온 수첩에 적혀 있던 시. 이 시의 평가는 다양하지만, 나로서는 겐지의 연약한 시인으로서의 모습이 가장 잘 드러나 있어서 너무나 애틋하다. ―이하 25) 전체 저자 주

> 비에도 지지 않고
> 바람에도 지지 않고
> 눈에도 여름의 더위에도 지지 않고
> 튼튼한 몸을 지니고

이렇게 실의의 병상에 누워 쓴 작품이다. 나이는 죽기 2년 전인 서른다섯.

> 항상 가만히 웃음 지으며
> 하루에 현미 네 홉과
> 된장과 약간의 야채를 먹고

이 풍경은 료칸(良寬)을 떠올려준다.

료칸은 절 경내에다 암자를 지어 하루에 다섯 홉의 현미를 먹으면서 '항상 가만히 웃음 지으며' '오홉암(五合庵)'에 앉아 있었던 것이다. 그 료칸도 사실은 '싸움과 소송'에 져서 재산을 날리는 바람에 그렇게 살게 되었다. (뒷면에 연결)

139

이 또한 고운 마음씨의 하나라면서, 처자를 부양한다는 그릇된 욕심을 품고 장사의 세계 등지로 잘못 발을 디딘 시인들도 있으나, 도리어 잔뜩 폐만 끼치고 끝내기 십상이다.

시인이 남들에게 가장 폐를 끼치지 않고 살아가는 방법은 거지가 되거나, 우연히 운 좋게 생활력 있는 기특한 여성을 만나는 정도밖에 없다.

어째서 이 같은 사태가 벌어지는가 하면, 광여래의 본원(本願)은 쇼조쥬가 된다는 것, 다시 말해 성불을 대전제로 하고 있기 때문이다. 즉 뒷걸음질치는 것은 여래의 본원에는 없다는 것에 기인한다.

알기 쉽게 이야기하자면 부처의 빛을 본 사람을 부처는 절대로 놓아주지 않는다. 시인의 혼은 어떤 일이 있더라도 사라져 없어지지 않는다. 그러니까 보살과 같은 시인인 미야자와 겐지는 무엇을 하건 어정쩡하여 좌절할 수밖에 없

*─────
고운 마음씨를 지닌 진짜 시인도 현실의 사바(娑婆)에서는 다음과 같은 구절처럼 살아가는 수밖에 없다.

날이 가물 때에는 눈물을 흘리고
쌀쌀한 여름날에는 떨면서
다들 나를 망석중이라 부르네.

었다. 상냥한 부모와 재산이 없었더라면 구걸조차 하지 못했을지 모른다.

그런데 현실에서는 여러 가지 일들이 벌어진다.

빛을 대하고도 빛에 싸여 가지 못하고, 빛을 본 것만으로 되돌아오는 사람이 있다. 그것을 요즈음은 임사(臨死) 체험이라고 한다.

임사체험자의 체험담에 의하면, 순간적으로 어두운 터널과 같은 곳을 지나자 다음 순간에는 밝은 세계에 있더라고 한다.

그리고 그 밝은 빛 속에 돌아가신 아버지가 있거나, 할머니가 있거나, 아미타상이 있거나 한다. 또 유럽에서는 마리아나 십자가가 나타나기도 하고, 개중에는 꽃밭에 나비들이 날아다니기도 한다. 이처럼 사람이나 지역에 따라 개성이 드러나는 것은 빛의 앞에 보이는 것뿐이다. 모두에게 공통되는 것은 빛의 세계이다.

그리고 이들 빛의 세계를 엿본 체험자들은, 임사체험을 한 뒤에는 죽음을 두렵게 여기지 않게 되었다고 한결같이 입을 모은다. 이런 사실에 주목해야 한다.

그렇다면 시인들은 임사체험자인가 하면 반드시 그렇지는 않다. 진여의 빛을 대한 사람이 보살이라고 한다면, 그

잔영과 같은 미광을 대한 사람이 시인이라고 말할 수 있다.

특히 유년시절에 경험한 삶의 근원과 결부되는 사건이 빛의 현상과 유사한 현상을 낳기도 하는 모양이다. 그 가장 큰 사건은 부모와의 이별이다.

동물의 세계에서는 어미와의 이별은 죽음을 의미한다. 모유와의 이별은 음식물과의 단절이며, 어미가 없는 젖먹이는 다른 동물의 훌륭한 먹잇감이기 때문이다.

겐신(源信)26), 호우넨(法然)27), 묘에(明惠)28), 도겐(道元)29), 잇펜(一遍)30), 신란(親鸞)31)과 같은 고승들은 모두 열 살이 되기 전에 부모와 헤어졌다. 렌뇨도 어릴 적에 어머니와의 헤어

*————

26) 겐신(源信) : 942-1017. 헤이안시대 천태종의 고승. 어릴 때 부모를 잃고 히에이잔에 들어감. 『왕생요집(往生要集)』으로 유명함.

27) 호우넨(法然) : 1133-1212. 정토종의 개조. 여덟 살에 아버지가 비명횡사하자 출가함. 아미타불의 본원을 믿어 염불을 하면 반드시 구제받는다고 주창했다. 호우넨의 가르침을 충실하게 지키고 깊이를 더한 승려가 신란이다.

28) 묘에(明惠) : 1173-1232. 화엄종의 고승. 여덟 살에 어머니를 잃고 아버지도 전사한 탓으로 열 살에 출가. 호우넨의 교리를 반박한 것으로 유명함.

29) 도겐(道元) : 1200-1253. 일본 조동종의 개조. 세 살에 아버지를 잃고 여덟 살에 어머니와 사별한 뒤 세상의 무상함을 느끼고 열세 살에 출가. 후세의 종교철학과 문화에 커다란 영향을 미친 『정법안장(正法眼藏)』을 저술함.

짐이 있었다. 이처럼 어린 시절 겪은 슬픔의 빛은 언제까지나 남아 그 인생에 커다란 영향을 끼치게 된다.

오늘날에는 암이나 에이즈가 죽음과 직결되는 병이지만, 예전에는 결핵이 그랬다.

특히 결핵의 경우, 부국강병이라는 국가적인 프로젝트에 의해 억지로 강요된 19세기말부터 20세기의 청년들에게 수시로 발생했다. 그 바람에 죽음에 직면하지 않으면 안 되었던 젊은이가 많았다.

하지만 숱한 사람들을 죽음과 직면시키는 것은 뭐니뭐니 해도 전쟁이다. 단지 전쟁에는 수많은 사람이 참가하는지라 대다수의 사람들이 자신만은 살아남을지 모른다는 기대를 은근히 품게 된다. 실제로 치명적인 총탄에 맞아 숨을 거두기 직전이 아니면 빛의 현상을 대하지 못한다. 오히려 총탄이 날아다니는 전쟁터보다 패주하던 미얀마 전선이나 시베리아 수용소, 아우슈비츠 수용소 쪽이 더 스스로의 죽음을 인식하고, 거기서 처음으로 죽음과 직면하게 된다.

*─────
　30) 잇펜(一遍) : 1239-1289. 열 살 때 어머니와 사별하고 출가. 춤을 추고 염불을 외면서 전국 각지를 떠돈 것으로 유명.
　31) 신란(親鸞) : 1173-1262. 정토진종의 창시자. 여덟 살에 부모와 헤어져 출가함. (이상 26~31 ─저자 주)

여기서 이야기하는 죽음에 직면한다는 뜻은, 죽음에 관해 생각한다든지 고뇌하는 정도의 레벨이 아니다. 인간 존재 전체가 죽음을 수용할지 말지 결단에 내몰리는 순간을 말하는 것이다.

이처럼 시인들을 낳은 요인은 여러 가지가 있겠지만, 특히 유년기에 경험한 어머니와의 이별에 의한 슬픔의 빛과의 만남이 생애를 통해 잊혀지지 않는 빛이 되고 만다. 그럴 경우 대체적으로 양친의 이혼, 가업의 도산, 가족 해체 등으로 이어지기도 한다.

그 외에도 청년기의 결핵이나 암, 에이즈 등 죽음과 직결되는 병에 의한 것, 가미카제특공대 출신, 전우들은 다 죽고 홀로 남은 병사, 목숨을 건 사랑의 실패, 사회운동의 좌절, 사업의 도산을 비롯하여 다양하게 있다. 이와 같은 불운이 잇달아 겹쳐지는 경우가 많고, 그럴 때마다 빛을 증폭시켜 간다.

이들에게 공통되는 것은, 삶이 이제부터 비로소 시작된다고 여길 즈음 죽음이 접근한다는 사실이다.

그리고 생과 사의 뒤엉킴에서 생겨나는 '생사'의 빛을 받아 시인들이 태어난다.

이렇게 하여 태어난 시인들은 나중에 시나 음악, 그림이

나 소설 등의 예술에 몸을 던져 주로 허업(虛業)을 목표로 삼게 된다. 그렇지만 본인이 허업으로 나아가고자 해도 주위의 반대에 부딪쳐 실업(實業)의 성향이 없음에도 그 쪽으로 내몰리기도 한다. 또한 예술도 변변히 이루지 못한 채 사회의 윤리에 의거하여, 처자식을 먹여 살리지 않으면 안 된다면서 실업에 헛발을 딛기도 한다.

그러나 그것은 광여래의 본원에 거스르는 것이다. 용을 쓰면 쓸수록 깊숙이 빠져들어 결국 사회적으로 폐만 끼치게 되고, 좌절하면서 나락으로 떨어져 간다.

미야자와 겐지처럼 무엇을 하건 친족들이 뒷감당을 해주고, 법화경에 의지하여 보살도를 더듬을 수 있었던 시인은 그나마 다행이다. 세상에는 시도 쓰지 못하고, 무엇을 하려고 해도 제대로 되지 않으며, 남에게 잔뜩 신세만 지는 마음씨 고운 시인들도 숱하게 있다.

어중간한 빛의 현상을 대한 후유증으로 인생이 엉망진창이 되고, 몸부림쳐 보았으나 무엇이 무엇인지 분간조차 하지 못하는 사이에 인생을 마치는 사람도 적지 않다는 사실을 기억해 두어야 한다.

*

오늘의 과학은 분자생물학이나 의학이 경이적으로 발달했다. 그로 인해 인간을 포함한 생물체가 죽음에 직면했을 때, 뇌 안에서 모르핀과 유사한 생화학물질(엔도르핀)이 분비된다는 사실까지 알아냈다. 그에 의한 진통작용과 쾌감작용이 이뤄짐으로써, 육체적인 죽음에 관해서는 산 사람이 상상하는 것 같은 불안이나 고통이 저절로 해결되는 시스템이 갖추어져 있다는 것이다.

그리고 죽은 이들의 편안한 얼굴 역시 엔도르핀 효과에 의한 것이 아닐까 추측하는 학자도 있다.

확실히 오늘날의 과학은 철학이나 종교를 넘어서려 한다. 그렇기는 하지만 아직까지는 철학이나 종교가 정체된 탓으로 그렇게 보일 뿐이다. 실제로는 과학으로 알게 된 범위가 미미하여서 철학과 종교를 뛰어넘을 수준은 아니다.

하지만 과학은 앞으로도 급속하게 진보할 것임이 분명하다. 장래 '깨달음의 생화학적 메커니즘'이라는 제목의 논문이 발표되거나, '심두멸각(心頭滅却)하면 불길도 오히려 시원하리니'[32]라고 외치면서 불 속에서 좌선하는 것 또한 엔도르핀 효과라는 실증을 얻게 될지 알 수 없다.

게다가 생명이 제아무리 생성과 소멸을 거듭하더라도

DNA의 유전자 정보는 불멸이라는 사실이 확인되었다. 따라서 불교의 윤회사상도 분자이론으로 입증할 수 있을지 모를 일이다.

그러다가 마침내 아미타불까지 과학이 해명해줄지 알 수 없다.

그렇게 되면 종교가 얼마만큼이나 과학의 입증을 견뎌내느냐 마느냐에 따라, 앞으로의 종교가 역사에 남을지 말지마저 결정될는지 모른다.

종교는 안방에까지 흙 묻은 발로 올라오는 과학을 비난하겠지만, 그 때는 종교 스스로가 미신이나 허구를 배제하고 과학에 견뎌낼 수 있는 체질을 갖추지 않으면 안 된다.

과학적이지 않은 종교는 맹목이다.

종교가 없는 과학은 위험하다.

이렇게 단정지은 사람은 아인슈타인이다. "종교가 없는 과학은 위험하다"는 소리에 득의만면하기 전에, 종교 관계

* -----
32) 무념무상의 경지에 이르면 어떤 고통도 고통으로 느끼지 않는다는 뜻. —옮긴이

자들은 "과학적이지 않은 종교는 맹목이다"라는 말부터 잘 음미해야 할 것이다.

어차피 과학은 과학 스스로가 지닌 한계를 알아차리고 꽁무니를 뺄 것이 명백하다.

그러나 오늘날의 과학이 우리가 미처 상상하지 못한 저 머나먼 곳에까지 나아가고 있음도 사실이다.

양자이론을 세운 슈뢰딩거[33]가 이렇게 주장했다.

주체와 객체는 하나다. 그들의 경계가 물리과학의 최근의 성과에 의해 무너졌다는 의미가 아니다. 왜냐하면 그런 경계 따위는 존재하지 않았기 때문이다.

오늘날 최첨단을 가는 과학자들이 이 세계가 일여(一如)라는 사실을 포착하기 시작한 셈이다.

쿼크와 렙튼(전자나 뉴트리노 등의 극미 소립자)이 이과 교과서에 나오는 시대에, 우주만상을 형성하는 원소가 지(地)·수(水)·화(火)·풍(風)·공(空)의 오륜(五輪)이라던 시대에

*————

33) 슈뢰딩거 : 독일의 물리학자. 1933년 '원자이론의 새롭고 유익한 형식의 발견'으로 노벨 물리학상을 받았다. —저자 주

생겨난 불교사상이 앞으로 아무 탈이 없을까 하는 걱정이 뇌리를 스친다.

분자생물학자는 생물의 탄생에는 창조주나 신비가 필요 없다고 잘라 말하며, 언젠가는 인간이 실험실 안에서 원시 생명을 탄생시키리라고 믿는다. 천문물리학자는 우주의 시작으로부터 우주의 전체상까지의 통일 이론을 세우려 덤 빈다.

요즈음 가톨릭교회는, 지동설을 주장한 갈릴레오로 인해 낭패를 겪었듯이, 우주의 탄생을 해명하고자 나서는 과학 자들 때문에 곤혹스러워한다. 현재의 우주가 지금으로부 터 약 150억 년 전의 어느 순간에 대폭발(빅뱅)에 의해 탄 생했고, 이후 팽창을 계속하고 있다는 팽창 우주설에 대항 하는 이론이 없다는 사실을 알게 되자 교황 비오 12세가 1951년에 다음과 같이 밝힌 것으로 전해진다.

현대의 과학은 수백만 세기를 한 차례 스윽 되돌아보고 하 느님이 처음으로 말씀하신 '빛이 있으라'의 증인이 되는 데 성공했다.

이 첫 순간, 물질과 더불어 빛과 폭사(輻射)의 바다가 무(無) 에서 폭발하여 나왔고, 과학원소의 입자는 나뉘어져 수백만의 은하를 이루었던 것이다.

....

그리고 우주의 진화가 가차 없이 향해가는 목표를 한눈에 힐끗 쳐다볼 수 있었을 뿐 아니라, 우주의 시작이 100-150억 년 전이라고 규정짓기까지 했다.

이렇게 해서 물리적 증거의 특징인 결정성으로 우주의 우연성을 확인했고, 또한 우주가 창조주의 손에서 생긴 시대에 관한 근거 있는 결론을 확인했다.

고로, 창조주는 존재한다.

고로, 하느님은 존재한다.

── 『누가 우주를 만들었는가』(로버트 자스트로 저)

교황청 과학 아카데미의 교황 고유(告諭) 가운데에서 비오 12세가 이렇게 선언했던 것이다.

그런데 이 팽창 우주론도 다소 의심스러워진 1970년에, 알현을 허락받은 휠체어의 스티븐 호킹 박사에게 교황이 쐐기를 박는 이야기를 했다.

"빅뱅 이후의 우주의 진보를 연구하는 것은 전혀 문제가 없지만, 빅뱅 그 자체를 탐구해서는 안 됩니다. 왜냐하면 그것은 창조의 순간이며, 따라서 하느님이 행하신 일이니까요!"

그러나 과학은 종교 쪽의 형편 따위는 거들떠보지도 않고 나아간다. 교황이 '고로, 하느님은 존재한다'고 기뻐한 우주 팽창론도, 이 우주에 충만한 뉴트리노라는 폭사광에 질량이 있지 않을까 하고 추정하기 시작하자 불안정해진다. 만약 이 뉴트리노에 전자의 수십만 분의 1이라도 질량이 있다면, 우주의 팽창은 언젠가는 멈춘다. 그래서 이윽고 수축으로 향한다는 진동 우주설의 손을 들어주게 되면, 로마 교황청으로서는 여간 낭패가 아니다. 왜 그런가 하면, 이 우주는 시작도 끝도 없이 생성과 소멸을 되풀이할 따름이어서 창조주가 나설 자리가 없어지고 말기 때문이다.

우리는 유전삼계(流轉三界) 안에 살면서 절대불변의 무엇인가를 종교에서 찾으려 한다.

예배의 대상이 사라지거나 변화되어서는 곤란하다. 불신의 원인이 되고 만다. 믿음은 절대를 구하는 것이다.

어떤 종교이건 종교가 교단화되면, 믿음의 대상을 사람에게 전해주는 방편이 시대에 맞지 않아도 건드리지 못하게 되고 만다. 교황이 '빅뱅 그 자체를 탐구해서는 안 된다'고 한 것처럼 터부가 되어 버린다.

그 점, 신란은 훌륭했다.

석가는 모든 것이 우주 전체의 상호의존성 가운데 성립했다는 연기설(緣起說)을 중심에 두고, 당시의 브라만 교단이 주창하던 불합리성이나 영혼의 실재를 믿는 사상을 배제하여 독자의 무아사상을 전개했다. 그와 마찬가지로 신란 역시 석존이 설파하는 불교의 중심에 '광여래'를 두고, 무수히 있는 불전(佛典) 중에서 석가여래의 '광안외외' 한 모습만으로 『대무량수경』을 진실의 가르침으로 골랐다. 이 광여래의 실재를 인정한 과거의 고승들을 칭송하고, 용서 없이 미신이나 불합리를 잘라버렸으며, 불전의 어구에 관해서도 통상적인 독법(讀法)을 비틀어서라도 자신이 믿었던 진실을 밀어붙였다.

신란은 『자연법이장(自然法爾章)』에서 이렇게 설파했다.

무상불(無上佛)[34]이라고 말하는 것은 형체도 없습니다. 형체도 없으므로 자연이라고 말합니다. 형체가 있을 때에는 무상열반(無上涅槃)이라고 말하지 않습니다.

형체도 없도록 함으로써 비로소 아미타라고 말하는 법입니다.

* —————

34) 무상불(無上佛) : 무색 무형의 진여 그 자체를 가리킴. ―옮긴이

아미타는 자연을 드러내는 방편입니다. 이 도리를 마음 속에 새긴 다음에는 자연에 관해 자꾸 따져서는 안 됩니다.

'따져서는 안 된다' 고 하면서 우상화된 것은 철저히 파괴하고, 아미타 자체도 '방편' 으로 삼아버릴 만큼 따지는 것이다.

이 아미타여래의 빛이란, 촛불의 빛이나 태양의 빛과 같이 시각적으로 볼 수 있는 빛이 아니다.

물론 후지산이나 다테야마의 정상에 서서 바라보는 일출의 빛도 아니고, 옛날 신앙심 깊은 염불자가 서방 정토를 믿고 뛰어들었다는 오사카 앞바다에 빠져드는 석양과도 다르다.

신란은 초일월광(初日月光)이라고 했지 태양이나 달빛이라고 표현하지 않았다. 태양이나 달을 초월한 빛이므로 영원의 빛이지 않으면 안 된다.

태양의 수소는 약 60억 년이면 다 타버린다는 것이 과학자들의 계산이다. 그런지라 태양도 영원하지 않다. 그리고 태양이 다 타버리기 전에 당연히 지구상의 생물이 완전히 사라질 것도 불을 보듯 뻔하다.

불전에 나오는 석가 멸후(滅後) 56억 7천만 년에 미륵보살이 이 세상에 나타나는 것은 지구상의 모든 생명이 소멸할 때이다. 따라서 그것을 구원해 간다는 사실을 의미하고 있는지도 모른다.

이 불가사의한 빛은 모든 것을 죄다 통과하는 빛이다. 그런 빛이 형체도 모습도 없이 영원히 존재한다.

과연 그런 빛이 이 세상에 존재하는 것일까 하고 궁금해 하던 어느 날(1987년 2월 23일), 우리 집 곁을 흐르는 강의 상류에 있는 탄광, 그 지하 1천 미터에 자리한 도쿄대학 우주선(宇宙線) 연구소에서 세계의 모든 천문학자나 물리학자들이 주목할 만한 놀라운 사건이 벌어졌다.

그것은 빛도 아니고 광양자(光量子)와도 다른, 형체도 모습도 없는, 모든 것을 관통하는 불가사의한 극미의 소립자가 16만 광년 저쪽에서 날아와 지구를 관통하고 다시 우주로 사라져 버린 사실이 관측되었다는 뉴스였다. 이 불가사의한 소립자는 뉴트리노라고 명명되었다. 하지만 존재는 입증되었으나 누구도 본 사람은 없었다.

내가 이 뉴트리노라는 불가사의한 소립자에 흥미를 가진 까닭은, 이 소립자의 특징 가운데 하나가 우주의 별들이 죽음을 맞는 순간에 생겨나는 것이라는 기사가 실려 있었기 때문이다.

별들이 임종할 때 중력 붕괴에 의해 방출되는 막대한 에너지의 99퍼센트가 뉴트리노에 의해 치워져버린다. 나머지 1퍼센트가 충격파가 되어 별을 폭발시키고, 그 별은 죽음을 맞게 된다는 것이다.

그리고 초신성(超新星)이 되어 다시금 빛나기 시작한다고 했다. 그 무렵이면 뉴트리노는 광속에 가까운 빠르기로 머나먼 저 우주공간 너머로 날아간다.

예를 들어 대(大)마젤란 성운(星雲)에서 발생한 초신성 1987A에서 튀어나온 뉴트리노는, 16만 광년 저 너머에서 광속에 아주 가까운 속도로 계속 날아와서, 1987년 2월 23일 지구의 남반구를 관통하여 북반구 저 너머로 사라져 버렸다. 더구나 1평방센티미터에 약 106억 개, 인간 1인당 10조 개의 뉴트리노가 순식간에 우리 몸을 빠져나갔다는 것이다. 건드리지 않고, 잴 수도 없고, 한이 없고, 형체나 모습도 없는 채로 말이다.

특히 주목해야 할 것은 뉴트리노의 발생이 우주의 빅뱅이나 초신성의 폭발 등, 우주나 별의 생과 사에 한없이 접근한 순간에 일어난다는 사실이다.

다시 말해 별들이 죽음을 맞을 순간에 뉴트리노가 광속으로 빠져나오며, 다음 순간 별의 구성 물질이 폭발하여 죽음을 맞게 되고, 그 잔해에서 또다시 새로운 별이 탄생하는 것이다.

태양이나 지구도, 그리고 지구상의 생물도, 아주 먼 옛날에 폭발하여 죽은 수많은 별이 남긴 잔해 물질에서 생겨난 셈이다.

이런 식으로 태어난 우리 인간들도, 생사의 순간에 드러내는 현상이 영판 닮았다. 그런데다가 회기본능이나 복제본능이 생명의 기원이나 태양계의 탄생, 나아가 우주의 탄생이라고 하는 '어머니의 어머니'가 될 근원을 향하여, 연어처럼 거슬러 올라가도록 재촉받고 있는지도 모른다.

우주가 생겨난 그 순간은, 무한히 펼쳐진 '빛의 바다'였다.

*

본래 원생(原生) 생물에는 죽음이 없다고 한다. 단순한 분열에 의해 증식하고, 그 과정에서 사해(死骸)에 해당하는 것을 전혀 남기지 않는 모양이다.

이렇게 하는 편이 자연의 섭리에 맞다. 고등생물의 자연사는 유기체가 복잡하게 진화하여 불완전한 통합밖에 할 수 없어짐에 따라 발생하는 부대(附帶)현상이라고 한다.

달리 표현하자면, 죽는다는 것은 유기체가 복잡해진 탓으로 생겨나는 불완전함의 결과라는 이야기인 셈이다.

생물 가운데 최고의 복잡함을 갖추고, 가장 자연의 섭리와 멀어져 버린 인간은, 생사를 초월하는 완전한 통합을 여래의 힘에 의지하는 수밖에 없을지 모른다.

여래란 진여에서 오는 것이라는 뜻의 범어(梵語)다. 진여란 만물 일체의 본질로, 불변의 진리를 가리킨다.

여래의 힘에 의지하는 수밖에 없다는 것은, 호우넨이나 신란의 입을 빌리자면, 나무불가사의광(南無不可思議光)에 기대는 방법 외에는 길이 없음을 뜻한다.

그러나 현대인에게 종교를 설파하고 믿음을 구할 때, 이 불가사의광이 만물 일체의 본질이자 우주의 진리라는 사실을 어떻게 납득시킬까가 문제이다.

렌뇨는 그 방면의 천재였다. 500년 전의 일이다. 이후로 그와 같은 노력은 행해지지 않았다. 오로지 렌뇨의 말씀을 오동나무 상자에 담아놓고 읽기만 할 따름이다.

삶에 절대의 믿음을 두고 살아온 오늘의 인간들로서는 죽음은 악이자 기피해야 마땅한 것이다. 그러니 배제해야 옳고, 장례식 따위는 생활과는 아무 상관도 없는 비(非)일상의 이벤트쯤으로밖에 여기지 않는다.

그런 시대의 종교는 죽음을 이야기해보았자 통하지 않으니까 현세 이익을 설파하는 수밖에 없다. 그런데 현세 이익을 역설하여 효과가 있었던 시기는 1960대 중반까지였다. 그 후로는 현세 이익을 운운하지 않아도 GNP와 수명이 계속 늘어났으므로 아무도 들은 척하지 않게 되었던 것이다.

'사(死)'는 의사가 바라보고, '사체(死體)'는 장의사가 바라보며, '사자(死者)'는 사랑하던 사람이 바라본다. 승려는 '사도 사체도 사자도' 되도록 바라보지 않으며 오직 보시에 눈독을 들인다. 현실이 이럴진대 오늘의 종교에서 무언가를 기대하는 것은 무리라고 한탄하지 않을 도리가 없다.

종교가 현장의 생사감(生死感)을 설파하지 못하게 될 때, 그 종교는 생기를 잃고 멸망하는 쪽으로 기우는 것이 당연하다.

오늘날 모든 분야에서 가장 필요로 하는 것은 현장의 지(知)가 아닐까. 경전학자의 '지'만이 앞서고 있는 현실이 마음에 걸린다. 종교가 살아 있는 인간을 위한 것이라면, 종교 그 자체가 생생하게 살아 있지 않으면 안 된다. 최근에 와서 겨우 삶에만 가치를 부여하는 사상으로는 문제가 많다는 사실을 깨달았다. 더구나 세계에서 유례를 찾기 힘들 정도의 고령화 사회를 맞게 되자 무슨 수를 내지 않을 수 없다는 움직임이 생겨나고 있다.

기존 종교 교단 가운데에서도 암이나 에이즈 등의 말기 환자에 대한 비하라 운동35)을 비롯, 죽음의 현장을 바라보자는 기운이 높아졌다.

그런데 오랜 세월 동안 목표를 상실한 채 교조적인 설법을 해온 승려들을 머쓱하게 만드는 일이 있다. 그것은 죽음에 직면한 사람 앞에서는 불전의 해석이나 얄팍한 선의(善意) 같은 것이 아무 짝에도 쓸모가 없다는 사실을 깨닫는 일이다.

미국의 정신과 의사 큐브라 로스 여사36)는 수많은 임상 경험에서 "어떤 방법으로든 죽음을 극복한 사람이 환자 곁에 있어 줄 때 말기 환자들은 가장 안심한다"고 증언한다.

*-----
35) 비하라 운동 : 비하라는 산스크리스트어로 안주(安住), 평온함, 승원(僧院)이라는 뜻. 기독교의 터미널 케어에 견주어 불교적인 케어를 목적으로 활동. 1987년 혼간지 교단이 '비하라 실천활동연구회'를 발족시켰다. —저자 주
36) 큐브라 로스 여사 : 스위스 태생. 시카고대학 정신의학부 교수를 역임함. 죽음에 직면한 말기 환자의 임상현장에서 저술한 『죽는 순간』이 세계적인 베스트셀러가 됨. 『속(續) 죽는 순간』 『죽는 순간의 대화』 『죽는 순간의 아이들』 등의 저서가 있다. —저자 주

그렇다고 한다면 죽음의 불안에 떠는 말기 환자에게 마음의 편안함을 안겨줄 수 있는 것은, 결국 그 환자보다 죽음에 더 가까이 서 있는 사람이라야 한다는 뜻이겠다. 아무리 선의에서 나온 상냥한 대화이더라도, 말기 환자에게 도리어 부담만 안겨줄 뿐 별반 도움이 되지 않는 경우도 적지 않다.

그러니 역시 보살에 가까운 사람이 곁에 있어 주는 게 제일 나은 셈이다.

사람은 자신과 똑같은 체험을 하고, 자신보다 약간 앞서 나간 사람을 가장 의지하기 마련이다.

나가노(長野) 지방의 사찰 젠코지(善光寺)에는 본당 지하에 깜깜한 통로로 된 계단(戒壇)이 있다. 여기를 지나갈 때 손을 뻗으면 닿을 만큼 앞에서 걸어가는 사람이 가장 믿음직하다. 그 사람이 앞에 있는 것만으로 마음 턱 놓고 걸어가게 된다.

부처는 너무 앞서 있다. 신란에게는 약간 앞서 걸어가던 좋은 사람 호우넨이 있었다.

말기 환자에게는 격려가 도리어 가혹하고, 선의는 도리어 슬프며, 설법도 아무 소용이 없다.

해맑은 파란 하늘과 같은 눈동자를 가진, 상쾌하게 부는 바람과 같은 사람이 곁에 있어 주는 것만으로 좋다.

*

참억새가 빛나고, 강변의 조약돌이 수정처럼 번쩍이며, 강물은 빛의 띠가 되어 흘러간다.

나무와 별과 전신주가 인광(燐光)처럼 빛난다.

그런 세계를 은하철도가 뻗어간다.

미야자와 겐지의 『은하철도의 밤』에 묘사된 광경은 이무라 의사가 암의 전이를 통고받은 뒤 바라본 아파트 주차장의 광경과 다를 바 없다.

"……세상이 너무나 밝았던 것입니다. 슈퍼마켓에 오는 쇼핑객들이 빛이 나 보였습니다. 뛰어다니는 아이들이 빛이 나 보였습니다. 강아지가, 고개를 숙이기 시작한 벼이삭이, 잡초가, 전신주가, 조그만 돌멩이까지가 빛이 나는 것이었습니다……."

이처럼 모든 것이 빛에 감싸인 세계는 보통 사람에게는 보이지 않는다.

신란은 보이지 않아도 괜찮다고 말한다. 보이지 않는 채, 그 불가사의광을 믿으라고 권한다.

극중악인유칭불(極重惡人唯稱佛)

아역재피섭취중(我亦在彼攝取中)

번뇌장안수불견(煩惱障眼雖不見)

대비무권상조아(大悲無倦常照我)

— 구제할 길 없는 자들이여, 모두 빛 속에 있는 것이다. 지금은 그저 번뇌에 가로막혀 보이지 않을 따름이다. 그러나 대비(大悲=빛)는 영원히 빛이 나 우리를 계속 비추어 준다. 그러니 염불을 외기만 하면 되는 것이다.

나는 염습과 입관을 하던 무렵, 시신과 나 혼자만 빛에 에워싸인 것 같은 기묘한 경험을 한 적이 있다. 구더기의 빛과 실잠자리 알의 빛에 눈물을 흘린 적도 있다.

한없는 욕망의 나선(螺旋) 계단이 어떤 계기로 무너지고, 물구나무서듯이 거꾸로 떨어지면서 본 것은, 약하디약한 생명의 빛이었다. 전쟁으로 인해 불탄 들판에서 발견한 한 송이 꽃과 같기도 했다.

그 때 삶과 죽음이 교차하듯이 별안간 접근하더니, 불가사의한 빛이 내 눈앞을 별똥별처럼 흘러갔다.

지금은 다시 욕망과 자아에 농락당하면서 살아가고 있다. 빛은 진작 보이지 않게 되었으며, 애욕에 빠지고 명리(名利)에 갈팡질팡하는 가운데 더럽혀진 몸을 더럽혀진 그대로 살아간다.

그 빛은 욕망이나 자아가 희미하게 남아 있는 한, 보이지 않게 되어버리는 것이다.

"회심(回心)이라는 것은 자력(自力)의 마음을 뒤집어서 내버리는 것을 말하노라"고 신란은 자아를 버리는 수밖에 없다고 가르쳤다.

도겐 역시 『정법안장』의 '생사'를 다룬 장에다 이렇게 적어 놓았다.

"오로지 내 몸과 마음은 깨끗이 잊어버리고, 부처의 집에 던져 넣어라. 부처 쪽에서 행해지는 것을 따라갈 때에도 힘을 들이지 말고, 마음도 쓰지 않아야 한다. 그래야 생사를 벗어나 부처가 된다."

결국 최종적으로는 자아를 버리는 것이라고 했다.

인간의 욕망이나 자아는 참으로 두려운 것이다. 저 불가사의한 빛의 본질인 진·선·미의 세계 따위는 너무나 간단히 짓밟아 버린다.

그것이 집단이 되면, 더욱 무시무시해진다. 국가가 욕망이나 자아를 주장하면 전쟁이 벌어진다. 문화가 자아를 주장해도 전쟁이 되고, 종교가 자아를 주장해도 결과는 마찬가지다.

종교가 전쟁을 불러일으키는 최대의 원인은, 교조가 진여의 빛을 받지 않아 욕망과 자아가 남아 있는 탓이다. 그도 아니라면 교조는 진여의 인간이었으나, 교조가 세상을 떠난 다음의 교단 통솔자가 욕망과 자아에 미혹되어 나아갈 길을 잃어버렸기 때문이다.

광여래는, 살아 있는 온갖 것들에 대한 배려와 감사의 기분이 넘쳐흐르는 상태로 만들어준다. 살아 있는 온갖 것들에 대한 배려와 감사의 기분이 넘쳐흐르는 상태에서는 전쟁이 일어날 리 없다.

지금 사람들은 과학에서 빛을 구하고자 한다.

아리스토텔레스로부터 칸트에 이르기까지의 철학의 전통은, 인간 지식의 통합을 목표로 삼았을 것이다. 그런데 19세기에서 20세기에 걸쳐 과학과 기술이 독주하고, 철학과 종교는 점점 그림자가 옅어졌다. 오늘날에는 철학이 언어의 분석과 같은 곳으로 잘못 빠져 헤매고 있고, 종교는 과거의 방대한 경전을 해석하느라 바쁘기만 하다.

그런 가운데 과학은 갈 데까지 갔다. "주체와 객체의 경계 따위는 애당초 없었다"는 지점에까지 도달해 있는 것이다. 또한 "자아를 만드는 경계는 영원한 생명 속에서 하나가 되면 사라지고 만다"고까지 주장하는 과학자마저 나타났다.

미야자와 겐지의 작품 『은하철도의 밤』에 이런 구절이 있다.

물은 산소와 수소로 되어 있다는 사실을 안다. 지금은 누구도 그것을 의심하지 않는다. 실험해보면 실제로 그러니까. 그렇지만 옛날에는 그것이 수은과 소금으로 되어 있다고 하거나, 수은과 유황으로 되어 있다고 말하는 등 여러 주장들이 나왔었다. 다들 제각각 자신이 믿는 신이 진짜 신이라고 말할 것이다. 하지만 서로 다른 신을 믿는 사람들이 행한 일로 인해 눈물을 흘리기도 하지 않는가. 그리고 우리의 마음이 좋다느니 나쁘다느니 하고 입씨름을 하지만 승부가 지어지지 않을 것이다. 그렇지만 만약 당신이 진짜로 공부하여 실험을 통해 똑바로 진짜 생각과 가짜 생각을 구분지어 버리면, 게다가 그 실험의 방법까지 정해져 버리면, 이미 신앙도 과학과 마찬가지가 된다.

작품에 등장하는 학자가 위와 같이 말하면서 주인공 조반니가 불가사의한 실험을 하도록 꾀는 장면이 있다. 그리고 이어서,

그러자 별안간 조반니는 자신의 몸과 자신의 생각이, 기차나 바로 그 학자, 하늘의 강과 더불어 몽땅 번쩍 빛나더니 다 사라지고 고요해진다. 번쩍 빛나서 다시 사라지고, 그리고 그 하나가 번쩍 빛나자 모든 드넓은 세계가 텅 비어 버리고, 모든 역사가 송두리째 스윽 사라지자 그저 텅 빈, 그냥 그렇게 되어 버리는 것을 보았다.

학자는 조반니의 체험을 확인한 다음에 이렇게 소곤거린다.

자, 알겠지. 그러니까 네 실험은 이 산산조각난 사고(思考)의 처음부터 끝까지 전체에 이르지 않으면 안 된다. 그게 어려

운 일이야!

즉 등장하는 학자의 입을 빌어서 겐지의 분신인 조반니에게 그렇게 이야기한 것이다.

여기서 겐지는 자기 스스로에게 산산조각난 사고를 통합하라는 명제를 부여하고 있다.

과학은 글자 그대로 '과(科)'의 학문이다. '과'란 나눈다는 의미이다. 애매한 것을 구분하여 철저하게 분과(分科)시키고, 산산조각을 내어 연구해 가는 것이 서양과학의 특징이다.

메이지유신(明治維新)37) 이래 일본은 이 같은 서양의 수법을 받아들이는 데 온힘을 기울였다. 그 결과 과목에 따라서는 세계 최고의 수준에 도달한 것도 여럿 보인다. 그러나 이와 같은 산산조각난 발전 진보는, 인간의 행복이라는 분야와는 아무 상관없이 이루어졌다. 오히려 인간의 심리를 불안 속에 빠뜨리는 결과가 되었다.

겐지는 산산조각난 사고와 다른 모든 것이, 일순 번쩍 빛

*─────

37) 메이지유신(明治維新) : 일본이 1868년에 그동안의 군사정권을 폐지하고 왕권을 강화했으며, 닫혀 있던 나라의 문을 열고 개화의 길로 들어선 것을 가리킴. ─옮긴이

나 하나로 수렴되어야 비로소 통합이 가능하다고 믿었다.

그래서 보살도로 가는 티켓을 가진 조반니로 하여금 이렇게 맹세하도록 한다.

난 반드시 똑바로 나아갈 것입니다. 반드시 진짜 행복을 찾을 것입니다.

똑바로 나아가면 보살이다. 법화경을 신봉하던 겐지는 보살행에 의한 통합[一如]을 결의하고 있었던 모양이다.

아마 신란이었다면, 겐지와 달리 "번쩍 빛나는 것까지 알았으면 그저 그 불가사의광을 믿으라"고 달랐으리라.

신란은 이 불가사의한 빛이 일여의 세계를 저절로 안겨준다고 믿어 의심치 않았다.

그리고 우주나 별이나, 지구상의 생물 등의 생성과 소멸을 넘어선 영원한 존재로서, 또한 살아 있는 온갖 것들에 모조리 나타나 구원해주는 불가사의한 존재로서, 이 광여래에 절대적인 믿음을 품고 있었다.

귀명무량수여래(歸命無量壽如來)
나무불가사의광(南無不可思議光)

168

영원한 목숨과

불가사의한 빛에 귀의하겠습니다.

『어느 장의사의 일기』를 쓰고 나서

『어느 장의사의 일기』를 다 쓴 뒤 원고뭉치를 앞에 두고 마사오카 시키(正岡子規) [1]가 한 이런 이야기가 문득 떠올랐다.

"깨달음이라는 것은 여하한 경우에도 태연하게 죽을 수 있는 것이라고 여겼으나 잘못된 생각이었다. 깨달음이라는 것은 여하한 경우에도 태연하게 살아가는 일이었다."

시키가 죽기 이틀 전까지 계속 쓴 수필집 『병상육척(病床六尺)』의 1902년 6월 2일자에 나오는 글이다. 그 날을 전후하여 '절규, 통곡' 그 고통 그 아픔 둘 다 무어라 표현할

*-----

1) 마사오카 시키(正岡子規): 메이지시대에 활약한 유명한 시인. 일본 전통 시가(詩歌)의 최고봉으로 꼽히는 인물.—옮긴이

길이 없다' '만약 죽을 수 있다면 무엇보다 그것을 바라겠
다. 하지만 죽을 수도 없거니와 죽여주는 자도 없다' '누군
가 이 고통을 덜어줄 사람은 없을까' 등등의 글이 나열되
어 있다. 그야말로 절규요, 통곡이었다.

그렇게 병상에 누워 마사오카 시키는 "깨달음이라는 것
은 여하한 경우에도 태연하게 살아가는 일이었다"고 단언
했던 것이다.

이 대목에서 시키의 말의 무게가 느껴진다.

우리가 어느 날 갑자기 "당신은 말기 암입니다"는 진단
을 받고도 '태연하게 살아가는' 것이 가능하겠는가?

나 역시 선종(禪宗)에서 이야기하는 깨달음이라는 경지는
여하한 경우에도 태연하게 죽는 것으로 해석했었다. 내가
소년 시절 배운 '무엇 무엇을 위해 아름답게 죽는다'고 하
는 사상은, 여하한 경우에도 태연하게 죽을 각오를 요구하
는 것이었다.

그러나 그것은 완전히 잘못된 생각이었다. '죽음'에 관
해 제아무리 생자(生者)가 머리를 굴려보았자 닮았으되 닮
지 않은 죽음의 이미지를 낳을 뿐인 것이다.

닮았으되 닮지 않은 죽음의 개념은 어디까지나 닮았으되
닮지 않은 것이어서, 현실적으로 죽음에 직면했을 때 아무

런 도움도 되지 않는 개념일 뿐이다.

도움이 되지 않는 것뿐이라면 그나마 낫다. 도움이 되지 않음으로 해서 불안과 절망에 휩싸이고, 혹은 그 개념을 믿었던 탓으로 논리를 맞추느라 자살해버리는 사람까지 나타난다.

죽음이란 무엇인가? 그 올바른 인식이 중요한 것이다.

'죽음'의 이미지가 극히 조금만 살짝 흐트러져도, '깨달음'이라는 개념마저 전혀 다른 의미를 띠게 되고 만다. '태연하게 산다'가 '태연하게 죽는다'라는 상반된 사상으로 변질되어 버리는 것이다.

인간이 죽음의 개념에 관한 올바른 답을 얻으려면 스스로 죽음에 직면하여 체득하거나, 혹은 여하한 일이 있더라도 태연하게 살아가는 사람—그런 사람을 보살이니 성인이니 하고 불러왔다—으로부터 직접 듣는 수밖에 없다.

그리고 만약 생자가 그 진리를 체득한다면, 영원 가운데의 일순의 인생이 얼마나 소중하고, 얼마나 귀한지를 실감한다. 그와 동시에 살아가는 것이 기쁨이 되어, 여하한 경우에도 태연하게 살아갈 수 있게 되는 것이다.

그것이야말로 불교에서 일컫는 '깨달음'이라고 생각하기에 이르렀다.

*

책이 저절로 팔려 나간다.

독자들의 입소문이 퍼져 신문과 잡지에서 서평으로 다루는 바람에 판(版)을 거듭하고 있다.

애초에는 팔릴 리가 없다고 지레짐작하여 자비 출판으로 해버릴까 하고 망설였다. 그러다가 지방에 있는 출판사가 간행하겠다고 나서주어서 조심스럽게 책을 펴냈다.

그런 것이 상상조차 하지 못한 사태가 벌어져 이야말로 태연하게 살아가지 못하게 되고 말았다. 완전히 흥분상태에 빠졌다.

지금까지 이와 같은 '조'(躁= 조급함)의 상태가 되면, 반드시 '울'(鬱= 막힘)의 반동이 밀려들어 득이 될 게 없었다. 『어느 장의사의 일기』가 반향을 부른다는 사실은, 내가 쓴 글을 사람들이 인정해주었다는 뜻에 다름 아니다. 인정받은 것은 기쁜 일이지만, 거기에 부수되어 무언가 좋지 않은 사건이 생길 것 같은 기분이 들어 불안해진다.

예전에 오로지 인정받고 싶다는 일념에서 원고지의 빈칸을 메워가던 시절이 있었다.

또한 좌절과 절망 끝에 허무의 거리를 헤매던 자포자기의 풍경도 있었다. 그런 풍경 역시 인정받고 싶다는 기분의 음화(陰畵)였던 모양이다.

　지금 이토록 인정을 받았음에도 솔직하게 기뻐하지 못하고 불안에 휩싸이는 까닭은 무엇일까?

　무엇인가 해야 한다면서 용을 쓰면 쓸수록 남이나 사회에 폐를 끼치고, 친척들이나 친구, 아내, 그리고 사회로부터 소외당했다. 그래서 스스로를 비하하고, 나락의 밑바닥에 웅크렸던 시절도 있었다.

　그 때 나를 구해준 것은 나를 송두리째 인정해준 눈동자였다. 입관 작업을 하는 내 이마의 땀을 닦아주던 그 사람의 눈 깊숙한 곳에서 반짝 하고 빛났던 그 눈동자였다. 그 아름다운 눈동자에 인정을 받았으니 더 이상 누구로부터 인정을 받고 싶었으랴. 당시의 회심(回心)으로 나는 돈이나 명예나 지위에도 그다지 관심을 갖지 않게 되었던 게 분명하다.

　남들이 어떻게 생각하건 내가 납득할 수 있다면 그것으로 그뿐이었다. 그런 심정으로 글을 썼을 터였다.

　신란도『탄이초』에서 지적했다.

"아미타의 오겁사유(五劫思惟)[2]의 바람(願)을 곰곰 따져보면, 오로지 신란 한 사람이 도움이 되리."

그런데 책이 좀 인정을 받은 것만으로 태연하게 살기는 커녕 이 난리다.

'명리(名利)의 큰 산에 미혹된' 마음은 온통 어지럽기만 하다.

참으로 '부끄러워하고 아파해야 하리' 인 셈이다.

*

책은 평판이 좋건만 아내와 딸은 도통 관심이 없다. 오히려 수상쩍게 여긴다.

결혼한 당초부터 죽도록 고생만 하고, 허구한 날 나에게 속아왔으니 나를 이솝 우화에 나오는 늑대 소년쯤으로 의심한다.

특히 문학이니 소설이니 하는 화제를 꺼내면 본능적으로

*————
2) 오겁사유(五劫思惟) : 아미타불이 48원(願)을 세우기 전에 5겁 동안 골똘히 생각에 잠겼던 것을 뜻함. ―옮긴이

몸을 도사린다. 그것이 생활을 파괴하는 원흉으로 믿기 때문이다. 다시 말해 생활비조차 넉넉하게 주지 못하는 주제에 술동무들과 기분 내키는 대로 어울려 다니고, 아이가 태어나 분유를 살 돈이 없음에도 원고지를 붙들고 씨름하던 때의 응어리가 여전히 남아 있는 것이다.

게다가 가게가 도산했을 때의 빚을 몇 해에 걸쳐 갚았고, 간신히 안정된 생활이 시작되려고 한다, 그런데 이제 와서 또 무슨 짓을 벌이려 하는가 하는 표정인 것이다.

얼마 전 슈퍼마켓에서 돌아온 아내가 이웃의 아주머니로부터 "댁의 남편이 참 대단한 일을 하셨더군요"라는 소리를 들었다면서, "엉뚱한 책이나 내니까 그렇잖아!"라면서 버럭 화를 냈다.

또한 그 아주머니가 "당신이 정말로 남편에게 '더럽다'는 말을 했나요?"라고 묻더라면서, 흡사 아내가 악역을 맡은 꼴이라고 펄쩍 뛰기도 했다.

*

여하튼 상상조차 하지 못한 사태가 벌어지는 바람에 나도 머쓱해지고 말았다. 신문이나 잡지에 '작가'라는 타이

틀로 소개되었던 것이다.

작가가 되자고 작정하여 글을 쓴 것이 아니었으며, 책을 낸 것도 아니었다. 그렇다면 어째서 쓰게 되었느냐고 묻더라도 나 역시 딱 부러지게 대답할 말이 없다. 엉뚱한 일로 인해 나도 모르게 쓰기 시작했기 때문이다.

그것은 5년 전의 일이었다.

5년 전인 1987년 11월에 내가 외경(畏敬)하는 시인 하세가와 류세이(長谷川龍生) 씨를 만난 데 기인한다. 이 유랑의 시인을 만나지 않았더라면 『납관부 일기』는 태어나지 않았을지 모른다.

어느 날 나와 둘이서 도야마 시내의 다방에서 커피를 마시고 있을 때, 그가 별안간 생각이 났다는 듯이 원고지를 꺼내 무언가를 적기 시작했다. 그리고 2시간 만에 다 쓴 그 원고를 팩시밀리로 잡지사에 보내달라고 부탁했다. 마감 시간을 깜빡 잊고 있었다면서 그가 웃음을 터뜨렸다.

나는 회사의 팩시밀리로 원고를 보낸 다음 그 내용을 읽으면서 강한 충격을 받았다.

"나는 시인의 시대가 오리라고 여긴다. 그것도 인간 마음의 서정을 노래하는 것이 아니라 과학의 끝에 무엇이 있을까, 지상의 끝에서 신호를 보내고 있는 수수께끼의 신에게, 인간의 대응심(對應心)이 얼마만큼이나 흔들리고 있는가, 그 점을 테마로 고르는 시인의 시대가 닥칠 것이다."

원고지 5장 분량의 그 글은 마지막이 이렇게 맺어져 있었다.

잡지《스바루》1987년 12월호에 「궁극의 핵(核)을 서두르면서」라는 제목으로 게재된 그 글의 내용은, 과학의 진보와 사회변동의 격렬한 흐름에 대응하지 못하여 허둥거리며 쩔쩔 매는 철학과 종교에 비아냥을 담아 경종을 울리고 있었다.

나는 팩시밀리로 보낸 원고를 집으로 가져가 다시 읽어보면서 어찌 된 영문인지 불가사의한 충동에 휩싸였다. 과거에 번민하면서 염습과 입관 일을 하던 무렵의 일기를 뒤적거리기 시작했다. 대학노트에 아무렇게나 휘갈겨 쓴 일기에는 이런 대목들이 있었다.

x월 x일 흐림

처음으로 입관을 했다.

처음임에도 운이 나빴다. 덩치가 크고 건장한 시신인데 몸이 몹시 경직되어 있었다. 땀만 뻘뻘 쏟아졌고, 2시간이나 걸렸다. 어쨌든 너무 긴장했고, 지쳤다.

x월 x일 흐리고 이따금 맑음

오늘은 세 건이나 입관하여 피곤하다.

세 번째 상갓집에 도착한 시간이 너무 늦어져 엄청나게 욕을 먹었다. '납관부' 라는 소리를 들었다. 왠지 기분이 나빴다. 납관부라는 단어는 『고지엥(広辞苑)』3)에 없었다!

x월 x일 진눈깨비

숙부가 찾아왔다.

가문의 수치라며 나무랐다. 당장 때려치우지 않으면 인

*————

3) 『고지엥(広辞苑)』: 일본에서 가장 권위 있는 국어사전 겸 백과사전. —옮긴이

연을 끊겠다고 선언한 뒤 돌아갔다.

주먹을 휘두르고 싶었다.

아내도 그만두라고 졸랐다. 역시 아이가 학교에 들어갈 때쯤이면 그만두어야 할 것인가!

아무리 그래도 그렇지, 도대체 왜들 이토록 싫어하는 것일까?

x월 x일 흐리고 때때로 눈

오늘 입관 작업을 하다 보니 가게에 종종 오던 주지 스님이 독경을 하고 있었다. 스님도 나를 알아본 모양이었지만, 서로 눈길을 피했다.

비하해가면서 살아가는 내 자신에 정나미가 떨어진다.

그냥 이 상태로는 안 되겠다.

이런 투로 그 날 그 날 있었던 일이 간단하게 적혀 있었다. '피곤하다' 는 한 마디만 달랑 적혀 있는 날도 이따금 눈에 띄었다.

이윽고 일기 내용은 그 날 일어난 일보다 내 자신의 말인지, 혹은 남의 말을 옮겨 놓은 것인지 모를 단장(斷章)으로 바뀌어 갔다.

인간은 죽음에 비춰짐으로써 삶이 빛나 보인다고들 하지만, 사실은 죽음을 받아들임으로써 생사를 초월한 빛에 조사(照射)되어 삶이 빛나 보이는 것이다.

모든 존재의 근저에 있는 진실재(眞實在)―이것을 사자(死者)가 광명으로 올바르게 지각할 때, 사자는 발드(中有)를 경과하지 않고 즉시 해탈할 수 있다. ―티베트 사자의 서(書)

철학이란 사고(思考)의 외부인 무한을 개념 속으로 집어넣으려 하는 지성의 시도를 가리킨다.   ―헤겔

과학적이지 않은 종교는 맹목이고, 종교가 없는 과학은 위험하다.   ―아인슈타인

사람에게 보이지 않는 세계를 그려내는 것이 그림이다.
                              ―파울 클레

이 같은 글을 어디에서 발췌한 것인지 난잡하게 휘갈겨 놓았다.

여하튼 이렇게 과거의 일기를 다시 읽어가는 사이에 스스로 참 진지하게 살아왔다는 생각이 들었다. 수시로 '오늘은 피곤하다'고 하면서도 항상 종교서적이 아니면 철학서적을 읽으며 고민하고 있었다. 날마다 시신을 대하면서 죽음이란? 사후의 세계란? 하는 명제를 놓고 진지하게 궁리하는 모습이 있었다. 그런 시절이 그리워지기도 했다.

그러자 '납관부'라 불리던 시절의 하루하루가 선명하게 떠올라 나도 모르게 글을 쓰고 있었다.

마치 무언가에 찔리기라도 한 것처럼 쓰기 시작했던 것이다. 거기에는 멋지게 쓰자거나, 출판을 하자거나 하는 그런 불순한 동기는 터럭만큼도 없었다.

그러나 써가는 사이에 역시 과거에 괴로워하고 번민했던 똑같은 곳에 서고 말았다. 도중에 집어던진 적도 여러 번 있었다. 하지만 신란이 가장 무게를 둔 '두 가지 종류의 회향'이란 사상의 진실에 어느 날 번쩍 정신이 든 뒤로부터 술술 글이 나와, 단숨에 다 쓰기에 이르렀다.

그래도 처음 쓰기 시작한 날로부터 5년이라는 세월이 흘러버렸다.

*

　독자들로부터 많은 편지를 받았다.

　책에 끼워져 있는 애독자 카드도 수백 통이나 부쳐져 왔
다.

　그들의 감상문을 읽어보고 크게 두 가지 경향으로 나눌
수 있다는 사실을 깨달았다.

　제1장 '진눈깨비의 계절'이나 제2장 '이런 죽음 저런 죽
음'을 좋게 평가하는 대신, 제3장 '빛과 생명'은 너무 이론
적이라거나 차라리 없는 편이 낫겠다고 하는 의견이 그 하
나였다. 이 경우 제3장 대신 제1장과 제2장의 구체적 현장
체험이 좀더 많았으면 하는 바람이 곁들여지기도 했다.

　그에 비해 제3장을 더 높게 평가하는 사람이 다른 하나
의 경향을 이루었다. 그들은 평소부터 죽음이나 사후 세계,
그리고 종교에 관심이 있어서 어려운 불교용어도 웬만큼
알고 있는 것으로 추측되었다.

　나로서는 제1장도 제2장도 제3장도 없었다. 그저 나 스
스로가 납득할 수 있을 때까지 써나간 것뿐이었다. 죽음이

란? 사후의 세계란? 그 같은 명제를 향해 덤벼들었을 따름이었다.

독자들의 편지에서 가장 많이 들려온 목소리는, 시신을 대하는 일을 용케도 해냈다는 감탄이었다.

그러나 곰곰 따져보라. 시신을 대하는 것뿐이라면 나보다 훨씬 더 많은 시신을 접하는 사람들이 얼마든지 있지 않은가? 베테랑 간호사 중에도 있을 것이다. 아버지대로부터 장의사를 하면서 시신을 다루어온 분이나, 화장장 직원으로 수십 년씩이나 시신을 처리해온 분도 있으리라.

또한 경찰 감식계의 베테랑이나 국립과학수사연구소의 부검의, 의과대학의 해부학 교수들도 수많은 시신을 철저하게 다루어 왔을 것이다.

단지 문제는, 어디에다 시점(視點)을 두고 시신과 마주했는가 하는 점이다.

인간은 타자의 죽음은 타자의 죽음이라고 딱 잘라 말하기도 한다. 그런가 하면 시신을 단순한 물체로 취급할 수도 있으며, 인간의 두개골에 파묻혀 고고학 연구를 하는 것도 가능하다.

인류의 역사에는 식인종도 있었고, 제2차 세계대전에서는 죽은 동료의 살을 먹으며 살아남은 패잔병도 있었다. 최근에는 안데스 산맥에서 조난당하여 시신을 먹으며 버틴 생존사의 이야기가 들려오기도 했다. 또한 나지의 아우슈비츠에서는 문신이 새겨진 시신의 피부로 전기스탠드 커버를 만든 사악한 인간도 있었다.

그런가 하면 죽음과 시신에서 눈을 돌리고 공포에 떠는 사람도 있다.

문제는 죽음과 시신을 앞에 두고, 스스로의 '생사의 문제'로서 과연 얼마만큼이나 진지하게 관여할 수 있느냐 하는 점이리라.

*

독자의 편지 가운데 너무 황송한 내용이 적혀 있는 것도 있다.

가령 오늘 받은 나가사키(長崎)에 사는 55세 남성의 편지가 그랬다.

안녕하십니까?『어느 장의사의 일기』를 잘 읽었습니다.

이 책은 범부(凡夫)의 손에 의해 기록된 것이 아닙니다.

신란 상인(上人)이 아니면 석존께서 저자의 손을 빌어 현세에 내놓으신 것이라 여겼습니다. 불전이나 주석(註釋)에서도 이해하기 어려운 진종의 정수(精髓)가, 개념이 아니라 감동에 의해 너무나 알기 쉽게 전해져 와서 정말 기뻤습니다.

아무 작위(作爲) 없이 있는 그대로의 해설이었지요. 이 감동을 얻기까지 그동안 수없이 많은 사람에게 물어 보았고, 책을 읽거나 고명하신 선생님들의 강연을 들어보기도 했습니다.

그러나 거기에는 선지식(善知識)[4])과 소원한 제 자신의 부족함만이 드러날 따름이었습니다. 참 이상하지요? 생활에 뿌리 내린 것이 아니면 역시 해탈의 틀을 벗어나지 못하고, 저 또한 나름대로 해탈을 시도하고 있는 것이겠지요.

생명과학이 발전하고 우주 물리학이 비약하는 가운데, 이 책이야말로 '목숨'의 가이던스라고 거리낌 없이 외치고 싶습니다.

우주의 시간에 견주어 극히 짧은 일순의 인생이 이토록 소중하고, 그 얼마나 불가사의한 것인지를 알게 되었습니다. 특정 대학생만이 아니라 의무교육 과정에 있는 자녀들에게도 꼭 읽어주고 싶은 저술입니다.

보통은 죽음을 선고받은 사람이 쓴 전기로 생사의 문제에

*─────
4) 선지식(善知識) : 불도를 잘 알고 덕이 높은 승려. ─옮긴이

접근합니다. 하지만 완강하기 이를 데 없는 저자가 이렇게나 죽음 자체를 객관화했다는 것은, 훌륭하다기보다 외포(畏怖)마저 느끼게 됩니다.

필경 종조(宗祖)가 기다리고 기다리던 '묘코닌(妙好人)'[5]의 도래라고 해야 옳을 것입니다.

이 독자는 분명히 승직에 있는 분이거나, 그게 아니라면 이분이야말로 '묘코닌' 이리라.

이처럼 진지한 독자들에게는 죄송하기 짝이 없는 노릇이지만, 나 따위는 도저히 '묘코닌'으로 일컬어질 만한 인격이 못 된다. 구멍이 있다면 숨어버리고 싶다.

만약 내가 쓴 『어느 장의사의 일기』에 언어가 아니라 감동으로 전해주는 것이 있다고 친다면, 그리고 그것이 가령 진종의 정수라고 한다면, 그것은 신란이 『교행신증』에서 설파한 '광안외외'와 '두 가지 회향'의 해석을 내가 감각적으로 이해했음에 지나지 않는다.

여기서 말하는 감각적으로 이해한다는 것은, 융이 푸에

*----

5) 묘코닌(妙好人): 신앙심이 깊은 수행자를 칭찬해서 이르는 말.
　　−옮긴이

브로 인디언의 이야기로서 인용하고 있는 "똑바로 된 인간은 두뇌로 생각하지 않는다. 미친 인간만이 두뇌로 생각한다. 백인은 두뇌로 생각한다. 우리들 인디언은 두뇌로 생각하지 않는다"라는 식의 방식이다.

독자가 '생활에 뿌리 내린 것이 아니면'이라고 적절하게 표현한 것처럼, 신란의 구극의 사상이라고 할 만한 '두 가지 회향'도 생사의 현장의 진실로서 말해지고 있는 것이지, 관념적인 사고에서 생겨난 것이 아니다.

몸으로 깨우친 현장의 지(知)를, 근대사상이 몸에 밴 언필칭 지식인들이 이성으로만 이해하려고 드니까 영원히 참된 이해를 하지 못할 따름인 것이다.

키에르케고르가 주장했듯이 "실존은 사고의 대상이 되지 않는다." 사고의 대상으로 삼으면 삼을수록, 실존적으로만 존재하는 언어는 추상적인 개념이 되어 버리고 만다.

*

강연 의뢰도 많아졌다.

주로 진종 사찰로부터의 의뢰가 많았다. 책의 내용으로 봐서 정토진종에 기우는 것이 당연할지 모르지만, 이따금 정토종이나 조동종에서 오는 경우도 있었고 때로는 일련종도 있었다.

승려만이 모인 경우도 있었으나, 대부분은 법요 등을 계기로 하여 신도들이 함께 모인 자리였다. 강연을 하다가 문득 정신을 차리고 보면, 승려가 해야 할 설법을 대행하고 있는 듯한 느낌이 들기도 했다.

그래서인지 내 강연의 청중은 아무래도 노령자가 많다. 그리고 어찌 된 영문인지 그 중 70퍼센트 정도는 여성이다.

며칠 전에도 그리 멀지 않은 진종 사찰을 방문했다.

본당으로 들어가자 사람들로 가득 차 있었다.

강연을 시작하고 얼마 지나지 않아 눈치챈 사실이지만, 연단을 향해 제일 앞쪽 줄에 앉아 있던 최고령자로 여겨지는 할머니가 수시로 손수건으로 눈물을 닦으면서 합장을 하는 것이었다.

강연시간은 1시간 반이었다. 그 동안 할머니는 내 쪽을 올려다보면서 연신 눈물을 훔치고 합장하면서 나무아미타불을 읊조리고 있었다.

나는 나도 모르게 수백 명의 다른 청중은 시야에 들어오지 않았다. 내내 할머니 한 명에게 신경을 쓰면서 강연을 마쳤다.

돌아오면서 그 할머니에게 다가가 "제 이야기가 어려웠나요?" 하고 말을 건네 보았다. 그러자 곁에 앉아 있던 일흔 살 가량의 노부인이 "이 분은 귀가 들리지 않아요"라고 말하면서 웃었다.

주위에서 와 하고 웃음이 터져 나왔다.

나는 그 때 1시간 반이나 죽음이 어떻다느니, 삶이 어떻다느니 하고 쓸데없는 이론만 잔뜩 늘어놓은 내 자신이 부끄럽게 여겨졌다.

그리고 500년이라는 세월 동안 길러진 진종의 풍토를 그 할머니를 통해 보는 것 같은 느낌이 들었다.

*

현장의 간호사들 모임으로부터 강연 의뢰를 받았다.

젊은 간호사들이 눈동자를 빛내면서 진지하게 듣는 모습을 보니 나도 무척 기뻤다.

강연을 마치고 약간 시간이 남았던지라 "질문 없습니까?" 하고 물어보았다. 한 젊은 간호사가 일어서더니 "경직된 시신을 만지는 게 께름칙하지 않았나요?" 하고 물었다.

예전에 내가 입관 일을 하던 무렵, 가끔 병원의 영안실에서 입관할 경우가 있었다. 당시에도 내가 입관하는 광경을 곁에서 지켜보던 젊은 간호사로부터 똑같은 질문을 받은 적이 있었다.

"당신도 아까 이 시신을 처치하지 않았던가요?"

그 때 나는 이렇게 거꾸로 질문을 던졌었다. 그러자 이런 대답이 돌아왔다.

"하지만 조금 전까지는 아직 (시신이) 따뜻하고 부드러웠잖아요."

똑같은 시신이라도 부드럽고 온기가 남아 있으면 괜찮고, 차갑게 굳어버린 시신은 싫다는 뜻이었다.

시신이란 차갑고 경직되어 있다는 이미지가 있는 모양이었다.

어느 집에서 입관하던 때의 일이었다.

막 입관을 시작하려는데 거기에 모여 있던 사람들이 다함께 '오다이모쿠(お題目)'[6]를 외기 시작했다.

그 시신은 몹시 경직되어 있었다. 특히 팔의 경직이 심하여 나는 이불 아래에서 굳어진 팔을 푸느라 악전고투하고

*─────

6) 오다이모쿠(お題目) : 일련종에서 나무묘법연화경(南無妙法蓮華經)이라는 일곱 글자를 외는 것. ─옮긴이

있었다. 손가락을 꺾고, 팔의 관절을 굽혔다 폈다 하면서
용을 썼다. 그래서 간신히 경직이 다소 풀려 수의 소매에
막 시신의 팔을 넣으려고 할 찰나였다.

한 사람이 이렇게 외치는 게 아닌가.

"어, 다들 한 번 보세요. 그토록 경직되어 있었는데 우리
가 오다이모쿠를 외니까 이토록 부드러워졌어요!"

그러자 오다이모쿠가 딱 그쳤다.

"정말이야, 정말! 오다이모쿠를 외니까 저리 부드러워지
다니!"

다들 입을 모아 이렇게 감탄하면서 시신을 바라보았다.

나는 어이가 없었다.

그 때만큼 종교라는 것에 불신감을 품어본 적은 없었다.
그것은 결코 오다이모쿠를 낭송했기 때문에 부드러워진 게
아니었다.

지나치게 깊은 신앙심을 가진 사람은 걸핏하면 이와 같
은 사상(事象)을 자신이 믿는 종교의 공덕으로 돌려버린다.

동물이 죽으면 시간의 경과와 더불어 경직되었다가, 그
다음에는 시간이 흐를수록 부드러워져서 마지막에는 부패
하고 만다. 그쯤이야 어물전에서 팔다 남은 생선을 보더라
도 금방 알아차릴 수 있다. 어째서 경직 상태가 되느냐 하

면, 동물의 사후에 체내에서 화학변화가 일어나 어떤 종류의 화학물질이 발생한다. 그런 작용으로 일시적으로 근육이 경직상태로 바뀌고, 이윽고 그 물질이 확산되면 이완되어 다시 부드러워지는 모양이었다. 이 같은 사실은 의과대학의 해부학 교수로부터 들은 이야기이다.

종교를 믿는다는 행위가 빠지기 쉬운 함정은, 신자의 과학적인 지식의 범위를 넘어선 사상을 몽땅 자신이 믿는 종교 때문이라고 돌려버리는 점에 있는 듯하다.

그런 탓으로 신앙심이 깊은 신자에게도 과학의 진보에 대응하는 선지식(善知識)의 청문(聽聞)이 항상 필요하다.

*

오늘 아침, 나는 신문에 게재된 사진이 시야에 들어온 순간 온몸이 벌벌 떨렸다.

떨리는 손으로 그 사진을 오려 무언가에 홀린 사람처럼 집을 나서서 기사에 소개된 사진 전시장으로 향했다. 원폭이 투하된 직후의 히로시마, 나가사키를 카메라에 담은 미 해병대 종군 카메라맨 조 오다넬 씨의 사진전이었다. 전시장에 들어선 순간 신문에 실린 사진이 눈에 들어왔다.

그 사진에 이끌려 전시된 순서를 무시하고 그쪽으로 다가갔다. 나는 만감이 가슴을 눌러 꼼짝 않고 선 자리에 얼어붙었다.

그것은 죽은 어린 동생을 등에 업은 여덟 살 가량 되어 보이는 소년의 사진이었다. 사진 아래에 조 오다넬 씨의 설명이 곁들여져 있었다.

"이 소년은 동생의 시신을 업고 임시 화장장을 찾아왔다. 그리고 동생의 조그만 시신을 등에서 내린 다음 화장용의 뜨거운 잿더미 위에 놓았다. 소년은 군인처럼 똑바로 서서 턱을 잡아당겼으며, 결코 아래쪽을 내려다보려 하지 않았다. 오직 꽉 앙다문 입술이 자신의 심정을 드러내고 있었다. 화장이 끝나자 소년은 조용히 발걸음을 돌리고 떠나갔다."

사진 설명문을 읽는 사이에 내 뺨을 타고 눈물이 흘러내렸다.

옛 만주에서 동생의 주검을 연기가 피어오르는 석탄더미 위에 올려놓고 왔을 때의 내 나이가 여덟 살이었다.

사진 속의 소년도 또래로 여겨졌다.

나로서는 이 사진만으로 충분했다. 다른 비참한 사진은

볼 필요조차 없었다. 동생의 주검을 등에 업은 소년이 직립 부동으로 담담하게 서 있는 모습에는, 전쟁의 비참함이나 인간의 슬픔이 모조리 담겨 있는 것 같았다.

집으로 돌아오면서 나는 영화 〈금지된 장난〉의 소녀를 떠올렸다. 그 소녀 역시 전쟁의 희생자였다. 부모가 소녀의 눈앞에서 기총소사로 살해당했다. 어른들이 시신을 묻는 광경을 보았던 소녀, 그녀가 자신이 몸을 의탁한 집의 소년을 꾀어서 작은 동물들의 주검을 묻은 뒤 십자가를 세워주는 장난을 한다는 이야기였다.

그 영화를 보았을 때에도 걷잡을 수 없이 눈물이 쏟아져 어찌 할 바를 몰랐었다. 몇십 년이 흐른 지금도 여전히 그 소녀의 슬픔과, 울려 퍼지던 기타의 명곡이 내 가슴 속에 그대로 남아 있다.

소년 시절의 원(原)체험은 그 사람의 생애를 통해 깊은 영향을 미친다고 한다.

내가 입관 일을 택한 것도, 그리고 숙부의 나무람을 귓전으로 흘려들으며 일을 그만두지 않았던 이유도 마찬가지이리라. 동생의 주검을 화장터에 내려놓고 직립부동으로 선채 입술을 앙다물고 올려다본 하늘이, 묘하게도 환하고 해맑았던 때문이었는지도 모른다.

*

인간은 언제나 어리석고 슬프다.

오늘도 슬픈 사건이 있었다. 퓰리처상을 받은 사진작가 케빈 카터 씨가 자살한 뉴스가 신문에 나와 있었다.

아프리카에서 굶주림으로 웅크린 빈사상태의 소녀, 소녀를 등 뒤에서 노리는 독수리를 찍은 케빈 카터 씨의 사진은 인간이 차마 똑바로 쳐다보기 힘들 만큼 충격적이었다.

그 사진을 본 사람들은 거의가 시선을 살짝 돌렸다. 그리고 눈살을 찌푸리면서, 셔터를 누르기 전에 소녀를 먼저 구했어야 옳았다고 사진작가를 향해 비난을 퍼부었다.

한 장의 사진이 세상 사람들의 눈길을 끌고, 비난까지 불러일으킬 정도로 이 작품에는 근원적인 힘이 있었다. 괴테가 말했듯이 인간은 근원 현상이 벌거벗은 채 적나라하게 출현하면, 일종의 공포를 느끼고 불안에 휩싸여 눈길을 돌리는 모양이다.

그리고 불안이나 공포로부터 달아나기 위해 비난의 대상을 찾아 철저하게 공격한다. 사진작가를 자살로 몰아넣는 식인 것이다.

까마귀나 독수리는 인간의 몇천 배에 달하는 후각능력을 지니고 있다. 죽어가는 동물을 쉽사리 감지할 수 있는 것이다. 그런 능력을 비난한다고 해서 해결될 문제가 아니다.

프라이드 치킨을 먹고, 새털 침대에서 잔다. 그러면서 독수리를 비난하는 것은 휴머니즘을 내세운 인간의 욕망과 자아이다.

문제는 진짜 적(=원인)이 무엇인지를 알아내지 않는 한 해결이 요원하다는 사실이다.

소녀를 구하지 않고 사진을 찍은 카터 씨를 비난하는 이들도 마음씨 고운 사람들이겠지만, 왕왕 그 같은 비난이 문제의 초점을 흐리게 만드는 결과를 초래하기도 한다.

가네코 미스즈의 작품 가운데 이런 시가 있다.

풍어

아침노을 저녁노을
풍어다
정어리
풍어다

포구에서는 축제가

벌어지는 모양이지만

바다 속에서는

수만 마리

정어리들이

애도하고 있으리

──『가네코 미스즈 전집』제1권에서

케빈 카터 씨의 소녀와 독수리 사진을 비난하는 사람은
이와 같은 시에서도 눈을 돌리리라.

싫은 것, 켕기는 것, 특히 생사와 연관되는 근원적인 것
은 되도록 보지 않으려고 애쓰면서 인간들은 살아간다.

지구를 하나의 생명체로서 본다면, 어딘가가 풍족하다는
것은 다른 어딘가가 모자란다는 뜻이다. 어느 나라에 넘쳐
날 지경으로 음식물이 있다면, 다른 어느 나라에서는 소녀
와 독수리가 굶주리고 있다. 어딘가에서 풍어의 기쁨을 누
린다면, 어디에선가 애도의 슬픔이 있는 법이다.

아름다운 휴머니즘의 깃발을 내건 인간이, 전쟁을 되풀
이하면서 푸른 지구와 소년의 눈동자에 상처를 입힌다.

슬픔은 오늘도 욕망 앞에서 빛이 난다.

*

큰이모가 돌아가셨다. 여든두 살이셨다.

지난해 큰이모의 외동딸이 먼저 세상을 떠나는 바람에 도쿄에서 홀로 사셨다. 자택 현관에서 쓰러져 있는 것을 이웃 사람이 발견하여 구급차를 부른 다음 나에게도 연락을 해주었다.

큰이모는 병원에서 링거를 맞고 계셨다. 나를 보자 "그냥 그대로 내버려두면 될 것을 이웃 사람이 괜히 부산을 떨었다"고 투덜거렸다.

도쿄에는 친척이 아무도 없어서 고향 병원으로 모셔오기로 했다. 왜 쓰러졌는지 슬쩍 체크를 해봤더니 도통 아무것도 먹지 않은 탓이었다. 이웃 사람들이 가져다준 음식물 등이 냉장고에 그냥 그대로 남아 있었다.

나는 얼핏 큰이모가 죽을 요량이었다는 짐작이 들었다. 쓰러지기 일주일쯤 전부터 날마다 나에게 전화를 걸어왔다. 그것도 새벽 4시에서 5시경이었는데, "너 지금 어디 있냐?"거나, "지금 신주쿠에 있는 거 아냐? 그렇다면 어서 여기로 와 줘!"라고, 도야마에 있는 나에게 전화를 걸어놓고는 시치미를 떼고 딴청을 부리는 것이었다. 나는 그 때마다 "가까운 시일 내에 찾아뵙겠습니다!" 하고 대답했지만, 일 때문에 좀처럼 약속을 지키지 못했다. 그것이 고독한 큰이모가 견디다 못해 보낸 신호였다는 사실을 나중에 가서야 깨달았다.

고향 병원으로 와서 한참 지나자 일어나 걸어다닐 수 있게 되었다. 하지만 복도에서 넘어진 다음 또다시 병상에 드러눕고 말았다. 그리고 내가 문병을 가면 "어디 갔다 오는 거야?"라고 투정을 부렸다. 게다가 자신의 여동생인 내 어머니를 두고 "이상한 사람이 찾아와, 그 사람 오지 못하도록 해!"라고 떼를 쓰기도 했다.

마침내 쇠약이 심해지고, 종잡을 수 없는 이야기를 늘어놓곤 했다. 문병 갈 때마다 "도쿄의 우리 집으로 돌아가고 싶다"고 입버릇처럼 중얼거렸다. 나는 모른 척 "알았습니다. 도쿄로 돌아가시지요. 내일 비행기를 예약해둘 테니까요!"라고 맞장구를 쳤다. 큰이모는 내 말에 환하게 웃었다. 이튿날 병원으로 가자 간병인 아주머니가 이렇게 귀띔해 주었다.

"어제 저녁부터 당신이 비행기에 타고 있다는 착각을 해요. 자꾸만 조카가 어디 있느냐고 물어서 도리 없이 뒤쪽

좌석에 타고 있다고 달래놨어요."

큰이모가 나를 알아보더니 "어디 갔었어?" 하고 평소와 다름없이 물었다. 내가 얼른 "뒷좌석에 있었어요!"라고 일부러 시큰둥하게 대답하자 큰이모는 비로소 안심했다는 듯이 미소를 머금었다. 그 얼굴이 너무나 편안해보였다.

큰이모는 완전히 비행기에 탄 승객이었다.

*

큰이모의 죽음이 나에게는 아름답게 비쳤다.

장례식에 모여든 사람들은 믿었던 외동딸을 먼저 보낸 뒤 절망 끝의 고독한 죽음, 쓸쓸한 죽음인 양 입을 모아 이야기했다. 하지만 나에게는 멋진 죽음으로 여겨졌다.

일반적으로 사람들이 고독한 죽음이라든가 쓸쓸한 죽음이라고 말할 때, 그것은 생(生)의 세계에서의 발상이다. 제아무리 많은 친척이나 친구가 있더라도 죽는 것은 본인 단한 사람이다. 병원 중환자실 앞 복도에 수십 명의 친척과 지인들이 모여 있더라도, 침대에 누운 채 죽음을 기다리는 사람은 오직 한 명뿐인 것이다. 죽음은 본래 고독한 것이어서, 고독한 죽음이라는 표현 자체가 이상하다는 느낌을 던진다.

예를 들어 오늘날 17세기 최고의 화가로 떠받드는 렘브란트의 마지막은 어땠는가? 유대인 거주지역의 가난한 집에서 아무도 지켜보는 이 없이, 쓸쓸하고 고독하게 죽었노라고 전기 등에 적혀 있다. 여기서의 '쓸쓸하고 고독하게'라는 표현은, 렘브란트의 만년이 과거의 명성도 다 잊혀져버리고 가계는 파탄났으며, 아내와 자녀들마저 먼저 죽은 상황에서 죽음을 맞았다는 정도의 의미가 아니었을까? 죽음을 맞을 때의 생의 상태가, 그의 화려했던 인생의 절정기에 견주어 쓸쓸하기 짝이 없게 여겨졌다는 의미에 지나지 않는다. 죽음 그 자체가 쓸쓸한 것이 아니다. 나는 쓸쓸한 죽음이란 있을 수 없다고 믿는다.

옛날 명상과 금욕의 세계를 살아간 수행자들의 대다수는, 죽음이 닥쳤음을 깨달으면 단식에 들어갔다고 한다.

단식이라는 것은 글자 그대로 음식을 끊는다는 뜻이다. 맨 처음에는 오곡을 끊고 나무 열매나 나무 뿌리만 먹는 목식(木食)의 단계로부터 들어가, 마침내 잎사귀에 맺힌 이슬방울만 먹는 완전한 단식으로 들어간다.

그런 단계에 접어들어 1주일, 혹은 2주일이 지나면 몸이 마른 나뭇가지처럼 바뀌어 고사(枯死= 假死) 상태가 된다. 그 같은 상태가 되었을 때, 눈앞에 갑자기 나타나는 것이 '빛'의 세계이다.

일반적으로 그 같은 현상을 '아미타여래의 내영(來迎)'이라고 부른다.

큰이모가 도쿄의 자택 현관에서 쓰러진 뒤 병원으로 옮겨져 의식을 되찾은 날 아침, 나에게 일주일 동안 아무것도 먹지 않았노라고 털어놓았다.

왜 그랬느냐고 물었더니 이런 대답과 함께 가만히 미소지었다.

"그래도 말차(抹茶)는 매일 마셨어!"

큰이모는 다도 선생이었다. 1955년에 남편을 잃고, 다도로 한평생을 보내온 사람이었다.

곰곰 따져보면 말차는 나뭇잎 가루이다. 나뭇잎과 따뜻한 물만을 마시며 일주일을 보냈다는 것은 수행자의 그것과 다름이 없다. "그냥 그대로 내버려두면 될 것을 이웃 사람이 괜히 부산을 떨었다"고 투정했을 때, 큰이모는 자신의 죽을 때를 알아차리고 있었던 게 아니었을까?

나로서는 그런 생각이 드는 걸 어쩔 수 없었다.

*

환갑을 넘긴 나이에 아쿠타가와상을 받은 작가 모리 아쓰시(森敦)의 수상작 『갓산(月山)』의 무대는 야마가타현(山形縣)에 있는 사찰 주렌지(注連寺)이다. 이 절의 천정화(天井畵)를 그려 미술계의 주목을 끈 화가 기노시타 스스무(木下晋) 씨의 권유로 주렌지를 찾아가게 되었다.

내가 『갓산』을 최초로 읽은 것은 분명히 20년도 더 전의 일이었다. 마침 그 무렵에는 입관 작업을 하면서 죽으면 어디로 가는가 하고 진지하게 고민하던 시기였다. 그래서인지 작품에 끌려들어가듯이 읽었던 기억이 난다. 그 후로 죽은 사람이 가는 산으로 일컬어지는 갓산이 내 뇌리에 제멋대로 그려지고 말았다. 그러나 그 갓산의 이미지는 윤곽이 뚜렷하지 않고 몽롱한 것이었다.

"갓산은 갓산이라고 불리는 까닭을 알아내고자 하는 자에게는 그 본연의 모습을 드러내지 않는다. 본연의 모습을 보고자 하는 자에게는 갓산이라고 불리는 까닭을 이야기하려고 들지 않는다."

작품 속의 이 같은 글에서도 드러나듯이 유현(幽玄)의 미를 의도한 작가의 작위가 있는 셈이어서, 실제로 본 적조차 없는 내 갓산이 옅은 먹물 색깔의 흐릿한 것이더라도 도리가 없다.

그 같은 흐릿한 이미지를 품으면서, 언젠가는 실제로 갓산을 꼭 봐야겠다고 항상 마음만 먹고 있었다. 마음을 먹고 있으면 언젠가 실현되니까 불가사의한 일이다.

한 달쯤 전에 느닷없이 기노시타 씨로부터 "카페 '스카라베'를 경영하시던 아오키 씨입니까?"라는 확인 전화가 걸려왔다. 그러더니 이렇게 털어놓았다.

"잘 읽었습니다, 『어느 장의사의 일기』! 깜짝 놀랐다고요······ 바로 그 카페의 아오키 씨가······ 그런데 제가 댁의 가게에 들락거리면서 3년 동안 한푼도 계산을 하지 않았던 것 같습니다만, 외상이 얼마나 됩니까?"

30년도 더 흐른 외상값이었다. 시효가 지났다고 대답하며 웃을 수밖에 없었다. 3년 정도가 아니라, 개점하여 도산하는 날까지 단 한푼도 내지 않고 먹고 마신 사람까지 있는 가게였다. 실제로 화가나 문인 나부랭이들만 잔뜩 모여들어 누가 누구의 술을 마시는지 알 수 없는 상태였다. 그런 터에 경영자인 나 자신이 혀가 꼬부라질 만큼 마셔댔으니 대충 짐작할 만하리라. 청구서도 없고, 청구도 한 적이 없었으니 경영이 될 턱이 없었다. 그러고도 가게가 8년이나 이어졌다는 사실이 도리어 불가사의할 지경이다.

하지만 빌려준 쪽은 잊어버려도, 빌려간 쪽은 의외로 잘 기억하는 모양이다. 책을 내고, 내가 실업에서 허업의 세계로 돌아온 게 아닐까 하고 짐작한 그네들 악의 없는 무전취식자들이 몰래 나를 응원하고 있다는 느낌이 전해져 왔다. 너무 기쁜 일이었다.

기노시타 씨는 20여 년 전, 가게 한쪽 구석에서 현재의 그의 아내와 야반도주를 모의하여 사라진 미술 전공 학생이었다. 그 무렵은 나도 젊었지만, 그는 아직 스무 살을 넘을까 말까 한 나이였던 것으로 기억한다. 그 역시 어디에서 어떤 식으로 살아왔는지 모르지만, 강렬한 개성의 연필화로 화가로서의 확고한 지위를 다지고 있었다. 그의 그림은 수라(修羅)를 연상시켰다.

그런 기노시타 씨와 주렌지에서 만나기로 약속했던 것이다. 모리 아쓰시가 추위를 이겨내느라 모기장에다 문종이로 된 불경의 책장을 뜯어 붙이고 잤다는 바로 그 방에서 묵어 보고 싶었다. 필경 그 방의 창을 통하여 갓산이 보일 것으로 여겨졌다. 내가 자동차를 몰고 가다가 도중에 기노시타 씨를 태우고 목적지로 향했다. 산은 아직 쌓인 눈으로 뒤덮여 있었으나 다행히 절의 산문까지 가는 길은 제설작업으로 횡하니 뚫려 있었다. 상상했던 것보다 훨씬 고찰이었으며, 즉신불(卽身佛=미라)이 모셔진 진언 밀교사원 특유의 분위기가 감돌았다.

눈이 쌓이는 기간 중에는 찾아오는 사람도 별반 없는 모양으로, 안내받은 2층 방은 으슬으슬 한기가 느껴졌다. 6개월간이나 침식을 하면서 걸작의 천정화를 그려준 기노시타 씨를 맞이하느라 상다리가 휘어질 만큼 진수성찬이 차려졌다. 절에서 홀로 사는 승려와 함께 둘러앉아 회식을 벌이게 되었다. 신도로 여겨지는 마을의 할머니 두 명이 일을 돕느라 와 있었다.

어찌 된 영문인지 승려가 술을 마시지 않았다. 할머니들이 의아스러운 표정을 지으며 "스님이 오늘은 평소와 어딘가 다르다"고 중얼거렸다. 승려가 젓가락을 쥔 손으로 나를 가리키면서 묘한 소리를 했다.

"이 분이 등에다 배후령(背後靈)을 짊어지고 오셨으니 오늘은 마실 수 없지!"

"스님에게는 영(靈)이 보이십니까?"

"응, 엄청 많이 짊어지고 계시는군 그래!"

그런 대화를 들으면서 나는 큰일났다고 걱정했다. 무시

무시한 이계(異界)에 잘못 발을 디딘 것 같은 기분이 들었다. 기노시타 씨도 거의 마시지 않는 바람에 두 할머니가 따라 주는 대로 나 혼자 배후령의 몫까지 술을 마셨다.

이튿날 아침, 2층 창에 매달린 고드름 사이로 갓산 방향을 바라보았다. 구름 아래에 수묵화와 같은 눈경치가 펼쳐져 있을 뿐 갓산은 자태를 드러내지 않았다.

*

차츰차츰 절에서의 강연이 늘어났다.

차마 거절하지 못하여 의뢰가 들어오는 대로 각지를 돌아다녔다. 자연스레 승려들과 대화할 기회가 많아졌는데, 이야기를 나누는 사이에 깜짝 놀라는 경우가 더 잦았다. 진지하게 노력하는 분들도 여럿 있었지만, 대화가 깊숙한 곳에 이르면 교조적인 관념론이 되어 버리고 마는 것이었다.

거기에는 생사의 현장에서 유리된, 관념만의 종교학을 배운 승려들의 모습이 있었다. 그들이 현장에서 제대로 대응하지 못하여 허둥대는 사이에, 급기야는 장례식이나 법회에 매몰되어 갔던 것이다.

며칠 전 병원에서 모친의 마지막을 지켜본 친구의 이야

기를 듣고 너무나 서글펐다.

입원해 있던 연로한 모친이 자신이 죽을 날이 가까웠음을 알아차렸는지 불경이 듣고 싶다고 조르기 시작한 모양이었다. 더군다나 늘 다니던 절의 귀에 익은 주지 스님이 외는 경문을 듣고 싶어 했다.

간호부장과 상의했더니 처음에는 곤혹스러운 표정을 지었다고 한다. 그래도 포기하지 않고 열심히 부탁한 결과, 하루만 1인 병실로 옮겨서 거기서 듣도록 타협이 이루어졌다. 다행이라고 여겼는데, 1인 병실을 수배하던 중에 소문이 병원 간부의 귀에 들어가고 말았다. 병원측에서는 승려를 불러들여 목탁을 두드리는 것은 있을 수 없는 일이라고 고개를 저었다.

그와 더불어 절 쪽에서도 주지 스님이 망설인다고 했다. 병원에서 싫어할 것이라면서 병원 핑계를 대기도 하고, 가까운 시일 내에 문병을 가겠노라면서 썩 내켜하지 않는 눈치였던 듯했다. 그렇게 밀고 당기는 사이에 모친의 병세가 악화되었다. 친구로서는 무슨 수를 써서든 모친의 마지막 소원을 들어주고 싶었다. 문득 불경 낭송 테이프가 떠올라 서둘러 구입하여 병원으로 달려갔으나, 이미 때가 늦어 모친은 그토록 듣고 싶어 하던 불경을 듣지 못하고 눈을 감은 모양이었다.

이야기를 듣고 나서 정나미가 뚝 떨어진 이유는, 죽음에 직면한 한 노인이 가졌던 금생의 바람이 완전히 무시되고 말았다는 데 있었다. 적어도 그 노인이 불경을 듣고 싶어 한 것으로 미뤄볼 때, 진지하게 절에 다닌 신심 깊은 신도였음에 틀림이 없다. 평소 설법하는 자리에서는 후생(後生)의 일대사(一大事)라거나 고맙기 짝이 없는 불경이라고 입에 침이 마르도록 떠든다. 그러면서도 노인이 진짜로 맞는 후생의 일대사에 꿈쩍도 하지 않은 절도 절이지만, 승려의 출입은 곤란하다면서 차갑게 사무적으로 거부해버린 병원도 피장파장이 아닐 수 없었다.

그렇지만 이것은 일개 병원이나 일개 주지가 해결할 수 있는 문제가 아니다.

생사의 아슬아슬한 현장에 서본 적이 없는 종교계의 현상(現狀)과, 육체의 삶에서만 가치를 찾는 연명 제일주의의 의료 현장, 그 틈바구니에서 생겨나는 뿌리 깊은 문제인 것이다.

이처럼 한 노인의 금생의 소원조차 이루어지지 않는 상황에서, 하물며 요사이 화제로 떠오른 장기(臟器) 이식이나 뇌사 문제가 해결될 턱이 없다.

『어느 장의사의 일기』가 지방 출판문화 공로상을 받게
되었다. 돗토리현(鳥取縣)에 있는 이마이(今井) 서점의 나가
이(水井) 사장이 제창하여 7년 전에 생겨난 상으로, 지방의
출판사에서 출간된 출판물을 대상으로 선정하여 준다고
했다. 그런 상이 있는지조차 몰랐으나, 의미 있는 상으로
여겨져 흔쾌히 받기로 했다.

시상식에 참석하느라 도야마에서 전철을 타고 돗토리로
향했다. 8시간이나 걸렸다. 차창으로는 가을의 분위기가 흘
러가고 있었다.

무심코 경치를 바라보는 사이에, 수시로 눈에 들어오는
원색의 노란 색깔에 자꾸 신경이 쓰였다.

미역취(학명 Canada goldenrod)로 불리는 풀의 군락이었다.

내 이미지에 있는 일본의 가을은 참억새와 갈대가 하얗게
빛나는 투명한 풍경이었다.

그러나 지금은 아메리카 대륙에서 귀화한 미역취가 일본
의 가을을 노랗게 바꾸어 버렸다.

이 북미 원산의 풀은 종자로도 번식하는 모양이지만, 그

보다는 뿌리가 땅 속을 종횡무진 뻗어간다. 더구나 거기서 다른 식물이 자라는데 해를 끼치는 물질을 분비하면서 자신의 세력 범위를 넓혀 가는 모양이었다.

왠지 모르게 정이 가지 않는 풀로 여겨졌다. 그리고 태평양전쟁 패전 후 미국에서 일본에 들어와 뿌리내린 사상이나 사고(思考)가 뇌리를 스쳤다.

그런 생각을 하면서 수상식장으로 향했다. 수상자 대기실로 안내받아 갔더니 농업에 관한 저작으로 상을 받는 대학교수가 있었다. 둘만 남았을 때 내가 말을 걸었다.

"여기로 오는 도중에 봤습니다만, 곳곳에 미역취가 엄청나더군요!"

"아아, 그 풀 말씀이군요."

"일본이 온통 노랗게 변하는 게 아닙니까?"

"아뇨, 괜찮습니다."

"예? 아니 어째서……"

"대량 번식하면 자신이 내는 분비물로 자가 중독을 일으켜 자멸해버리는, 한 곳에 오랫동안 정착하지 못하는 가련한 식물이랍니다."

그렇게 이야기하는 교수의 차분한 어투가 무척 인상적이었다.

*

 얼마 전 교간지(教願寺)라는 절에 강연하러 갔을 때 주지
스님(金田恒明)으로부터 한국의 사찰 순례를 하지 않겠느냐
는 권유를 받고 엿새 동안 한국여행에 참가했다.

 나는 단체여행을 싫어하여 누가 권해도 거절하곤 했다.
그런데 "올해로 17회째입니다만, 이 여행을 죽을 때까지
계속할 작정입니다"고 이야기하시던 부드러운 여든세 살
노스님의 눈동자 깊숙한 곳에서 일순 무엇인가 빛나는 것
을 보았다. 나는 그 빛에 이끌리듯이 따라나서기로 했다.
주지스님은 한국이 일본의 식민지이던 시절, 히가시혼간지
(東本願寺)의 파견 포교사로서 한국에서 살았다고 했다.

 김포공항에 도착한 그 날부터, 주지스님을 필두로 한 34
명의 참가자들은 "여래 대비(大悲)의 은덕은 몸이 가루가 되
도록 갚아야 하며……"라고 은덕 찬불가를 큰소리로 외면
서 순례 여행을 시작했다.

 맨 처음 도착한 절에서 참배를 했을 때였다. 한국 여행사
의 현지 가이드가 "로마에 가면 로마법을 따른다고 했으니
까……"라고 유창한 일본어로 운을 뗐다. 그는 오체투지(五

216

體投地)를 세 차례 반복하는 한국식 참배 예법을 몸소 행동으로 가르쳐주었으나 아무도 따라하지 않았다. 가장 앞줄에 선 주지스님이 태연하게 나무아미타불을 읊으면서 합장하고 있었던지라 다들 그대로 따라하기만 했다.

한국의 불교 인구는 국민의 약 30퍼센트라고 했는데, 대다수가 석가모니불을 본존으로 하는 선종 계열이다. 그 절들을 은덕 찬불가를 부르며 다니는 일행의 모습은, 담담하고 아름다운 순례자의 행각으로 비쳤다.

부여에서는 백제가 멸망할 때 3천 명의 궁녀가 몸을 던진 것으로 전해지는, 절벽에 세워진 고란사에 올라가 보았다. 눈 아래로 백마강이 유유히 흘러가고 있었다.

1천4백 년 전, 이 강을 통해 일본으로 불교가 전해졌다는 사실을 알게 되자 참으로 감개무량했다.

시가지에서 벗어난 강가에 불교 전래 사은비가 세워져 있었다. 비의 뒷면에는 조선왕조 마지막 황태자였던 영친왕의 비(妃) 이방자(李方子) 여사를 비롯하여, 비석 건립에 관여한 일본인들의 이름도 새겨져 있었다. 비석 앞에서 은덕 찬불가를 합창할 때, 가네다 주지스님의 비원(悲願)으로 재건된 조왕사(朝王寺) 범종소리가 노을에 물든 백제의 고도에 대비(大悲)처럼 울려 퍼졌다.

'인(因)'이라는 글자에 '심(心)'을 보태면 '은(恩)'이 된다. 그런 생각을 하면서 나는 백제에서 신라로 향하는 버스에 올랐다.

옛 신라 땅에서는 목판 팔만대장경이 보존되어 있는 해인사에 들렀다가, 신라 불교건축의 최고봉으로 일컬어지는 불국사를 참배했다. 이튿날 아침, 아름다운 석불의 석가여래 좌상이 있는 석굴암을 찾아가니 751년 건립이라고 적혀 있었다. 751년이라고 하면 엣추(越中)[7]에서는 오오토모노 야카모치(大伴家持)[8]가 지방장관으로 부임한 해였다. 그리고 『만요슈(萬葉集)』[9]에 나오는 "사다리가 세워진 구마라이란 해안가에 신라 도끼를 빠뜨리고……"라고 시작되는 노토(能登)[10] 지역의 해묵은 노랫가락이 뇌리를 스치고 지나갔다.

석굴암으로 올라가는 참배길은 3킬로미터나 되었고, 신

*─────

7) 엣추(越中) : 지금의 도야마현의 옛 지명. ─옮긴이

8) 오오토모노 야카모치(大伴家持) : 나라시대의 정치가이자 가인(歌人). ─옮긴이

9) 만요슈(萬葉集) : 나라시대 말기에 만들어진 일본에서 가장 오래된 20권짜리 시가집. ─옮긴이

10) 노토(能登) : 지금의 이시카와현 북쪽의 옛 지명. ─옮긴이

록의 숲으로 뒤덮여 있었다. 나는 주지스님의 등을 바라보며 걸었다.

주지스님의 등에 나뭇가지 사이로 쏟아지는 햇살이 비칠 적마다, 스님이 빛의 한복판에 있는 것처럼 보였다. 청자 색깔의 슬픈 하늘에서 비치는 빛인지, 참괴(慚愧)가 담긴 회향의 빛인지, 노스님의 등에서 빛이 흔들리고 있었다.

나는 발걸음을 빨리하여 주지스님과 나란히 걸으며 물어보았다.

"그 시절에는 진종의 사찰도 있었겠지요?"

"있었지요. 여기저기 세웠으니까……"

"패전과 동시에 절이 파괴된 것은 알겠습니다만, 신도들은 어떻게 되었습니까?"

"안 됩니다, 위에서의 포교로는……"

노스님이 슬픈 듯이 미소지었다.

나는 70년 이상이나 이어진 소련이 붕괴된 직후, 우후죽순처럼 생겨난 종교를 떠올리고 물어보았던 것이다. 또한 식민지 시대의 기독교가 침략의 앞잡이이면서 세계 각지에 뿌리를 내린 것도 불가사의하게 여겨졌다. 카이사르의 것은 카이사르에게, 신의 것은 신에게…… 이런 식으로 정교(政敎) 분리의 원칙을 지켜냈던 것일까? 도저히 그렇게 믿을

수 없음에도, 지하의 기독교도, 지하의 염불처럼 뿌리내리
는 경우가 있다.

그야 어쨌거나 이 여행에서 가는 곳마다 주지스님을 맞
는 한국인들의 상냥한 눈초리에 나는 감동을 느꼈다. 17번
이나 왔으므로 친해졌다는 그런 인상이 아니었다. 그것은
노스님을 진심으로 신뢰하는 눈빛이었다.

여기까지 오는 도정(道程)에는 상상을 초월하는 고뇌와
고통이 있었음에 틀림없다. 아마도 국가가 저지른 죄까지
덮어쓰는 참괴의 회심, 바꿔 말해 여래의 대비에 매달리는
수밖에 없지 않았을까……? 그런 짐작이 들자 나도 모르게
가슴이 뜨거워졌다.

"이 여행은 죽을 때까지 계속할 겁니다"라고 말하던 주
지스님의 다짐이 여행이 끝날 무렵이 되어서야 간신히 이
해가 되는 듯했다.

훌륭한 관광여행이었다. '관광(觀光)' 여행이란 글자 그
대로 사이교(西行)11)도, 바쇼(芭蕉)12)도, 이름 없는 순례자들
도, 죽을 때까지 걸음을 멈추지 않는 것처럼 '빛을 볼 때'

*————
11) 사이교(西行) : 12세기의 무사이자 승려 겸 가인. —옮긴이
12) 바쇼(芭蕉) : 17세기에 활약한 일본의 대표적인 가인. —옮긴이

까지 꾸준히 걸어가는 일이었다.

*

오늘 아침 텔레비전 뉴스에서 옴 진리교에 관해 보도하고 있었다. 뉴스를 듣다가 문득 얼마 전 나카무라 유지로(中村雄二郎)[13] 씨가 《아사히신문(朝日新聞)》에 연재한 「인류지초(人類知抄)」에서 인용한 괴테의 한마디가 떠올랐다.

근원적 현상을 대하면 감각적인 사람들은 경탄에 빠져들고, 지성적인 사람들은 가장 고귀한 것을 가장 비속한 것과 연결지어 이해한 것으로 여기려 든다.

— 괴테 『잠언과 성찰』

과연 괴테는 대단하다고 탄복했다. 그리고 인간 나부랭이들은 100년이 흐르건 200년이 흐르건, 과학이 제아무리 진보하건 말건, 인류의 지혜로운 잠언은 살리지 못한 채 어

*―――――
13) 나카무라 유지로 : 메이지 대학 명예교수인 저명한 철학자.
　―옮긴이

리석은 짓을 뉘우치는 법도 없이 질리도록 되풀이하면서 살아가는 자들로 여겨졌다.

오늘날 세상을 떠들썩하게 만들고 있는 옴 교단의 엘리트로 일컬어지는 간부들 역시, 가장 고귀한 것을 가장 비속한 것과 연결지어 이해한 것으로 여기려 드는 게 아닐까.

이런 점은 그들에게만 국한된 문제가 아니다. 오늘의 지식인들에게서 엿보이는 일반적인 경향이기도 하다.

세상에서 지식인으로 불리는 사람들이 옴 진리교를 가볍게 옹호한 것도, 가장 고귀한 것을 가장 비속한 것과 연결지어 이해한 것으로 여기려 한 탓이었다.

그들에게 공통된 점은 현장을 모른다는 사실이다. 낡은 경전의 해석이나 책상 위의 지식만 갖고, 아무렇게나 대충 끌어들여 다 아는 것처럼 넘어가려고 한다.

사과를 분석하여 자세한 해설을 할 수는 있어도, 사과를 먹어본 적이 없으면 그 맛을 알 리 없다. 설령 안다고 치더라도 이치로는 전해지지 않는다. 그러나 세상에서 이야기하는 엘리트들은 의기양양한 표정을 지으며 전해주려고 덤비는 것이다.

삶과 죽음은 현장의 사실이어서 이야말로 사과를 먹는 일에 다름 아니다.

옴 진리교의 교주 아사하라(麻原)와 같은 사기의 천재는, 본시 편집광적인 경향이 강하다. 그래서 권력욕 따위의 욕망을 온존한 채 '사바즉적광토(娑婆卽寂光土)'(니치렌), '자기가 불심이 되면 이 세상은 불국토(佛國土)'(도겐)와 같은 잠언을 단락적인 사고(思考)로 비틀어서 다 아는 것처럼 치부해버린다. 그런 다음 사기의 본질은 기가 막히게 꾸미는 재능이니까, 간단하게 깨달음을 얻은 존사(尊師)로 변신해버린다. 그래서 자기의 욕망을 부처의 본원(本願)으로 바꿔치기 하고, 무엇을 하건 부처와 신의 뜻이라며 스스로의 책임으로 돌리지는 않는다.

경제 제일주의의 치열한 입시 교육을 받고 자란 감성 미약하고 지친 젊은이가 그런 사내를 만나게 되면, 잠시도 버티지 못하게 된다. 도중에 무언가 이상하다는 의심이 들어도, 가장 고귀한 것을 가장 비속한 것과 연결지어 이해한 듯한 얼굴로 따라가고 만다.

하지만 이와 같은 종교가 나오는 것도 기존의 종교 쪽에 여러 원인이 있다. 그 최대의 요인은 '깨달음'을 설법하면서 깨달음에 도달하려는 노력조차 하지 않는 성도문의 승려들과, '믿음'을 설법하면서 진실로 아미타를 믿으려 들지 않는 정토문의 승려들이, 교조적으로 "믿음을 가져라!"

하고 이야기하는 데 기인한다. 믿음조차 없으면서 믿음을 가지라고 하는 것은, 사랑이 없음에도 불구하고 "사랑하세요!"라고 권하는 것이나 하등 다를 바 없다.

그런 짓은 거의 사기 행위에 가깝다. 순진한 젊은이들에게는 기존 종교의 사기 행위가 어쩐지 불결해 보이고, 천재적인 신종 사기꾼의 행위가 도리어 아름답게 비치는지도 모른다.

*

니이가타(新潟)에 있는 묘코지(妙光寺)라는 절에서 강연을 하고 돌아오는 길에 이즈모자키(出雲崎)에 들렀다.

이즈모자키라고 하면 료칸(良寛)[14]이 떠오르고, 료칸이라고 하면 "안개 피어나는 기나긴 봄날에……"라고 노래하면서 마을 아이들과 공놀이하는 모습이 떠오른다.

료칸의 인품이 그리워지고, 어머니의 따뜻한 양수(羊水) 안에 있는 것 같은, 아련하고 편안한 기분에 잠기게 된다.

그 같은 이미지의 료칸이 1820년에 니이가타를 중심으

*————
14) 료칸 : 에도시대에 활약한 승려이자 가인, 서예가. ―옮긴이

224

로 발생한 대지진이 휩쓸고 간 뒤 친구인 야마다 도코(山田
杜皐)에게 이런 편지를 보냈다.

"지진은 정말로 엄청나네. 야승(野僧), 초암(草庵)은 별 탈이
없고, 친척 가운데 죽은 사람도 없어 다행이네. 그러나 재난을
당할 시절에는 재난을 당하는 게 나아. 죽을 시절에는 죽는 게
낫고…… 이 또한 재난을 피할 수 있는 묘법이리니."

진도 M7, 사망자 1,602명이라는 참사의 와중에 친구에게
보낸 편지이다.

지난번의 한신(阪神)대지진[15]과 같은 와중에 이 같은 편
지를 적을 선승이 과연 있기나 할까?

그렇지만 생사를 초월하려는 불교의 가르침에는 재난조
차 있는 그대로 받아들이고자 하는 정신이 있다.

우주의 진리에 따라 살자는 사상이다.

예수 그리스도는 십자가에서 숨을 거두기 직전에 "하느
님, 왜 저를 버리시나이까?" 하고 외친 것으로 전해진다.

* ─────
15) 한신(阪神)대지진 : 고베와 오사카 지역을 중심으로 1995년 1월
에 발생하여 6천 명이 넘는 희생자가 난 대지진. ─옮긴이

여기에 불교와 기독교의 근본적인 차이가 있지 않을까 하는 게 내 생각이다.

자연을 대상화(對象化)해온 사상과, 자연을 '저절로 그렇게 하도록 만들었다' 고 해석해온 사상의 차이이다.

그러나 기독교는 부활하여 하느님의 사랑으로 빛나고, 불교는 겁초(劫初)로부터 자비의 빛으로 비친다.

료칸이 살았던 오홉암(五合庵) 앞에서 그 같은 일들을 떠올려 보았다. 그러다가 며칠 전 도쿄에서 열렸던 바이오다나토로지(biothanatology, 죽음과 삶) 학회에 참석하여 고베에서 온 우라베 후미마로(卜部文麿) 씨가 들려주던 이야기가 떠올랐다.

"지진으로 붕괴된 우리 집 뜰의 무화과가 예년에 비해 두 배나 열매를 맺었고, 감나무는 세 배로 늘어났습니다. 그리고 지진이 발생하기 전후에는 평소 자태를 드러내지 않았던 새들이 어디에선지 날아와 멋지게 익은 무화과와 감을 쪼고 있었습니다."

뒷말을 그는 이렇게 이어갔다.

"지구는 때때로 활성화하려고 합니다. 지구도 살아 있으니까 재채기를 합니다. 그러면 다시 생명이 되살아나지요. 고베에서는 수많은 인명이 희생되었으나, 대부분의 사망자들은 인간의 얕은 지혜로 지은 구조물 아래에 깔려 죽었습니다. 자연 그대로인 초목이나 새들은 생생하게 살아 있었습니다."

우라베 씨는 바이오다나토로지 학회를 세운 사람 가운데 한 명이었고, 미국 정신과 전문의 큐브라 로스 여사와도 교류가 있다.

나는 바로 그 큐브라 로스 여사가 죽음의 임상현장에서 발언한 내용에 깊은 공감을 느낀다.

"신은 하나라고 봅니다. 하지만 그것을 사람들에게 이해시키고 안심하도록 만들려고 할 때, 우리나라에서는 기독교적이 되지 않을 도리가 없습니다."

신이 하나라는 사실을 기하학적으로 증명하려고 든 인물은 17세기의 철학자 스피노자였다. 그리고 '신즉진리(神卽眞理)' '신즉자연(神卽自然)' '신즉애(神卽愛)' 라는 결론을 내렸다.

나 역시 우주의 진리는 하나라고 믿는다. 그러나 또한 나역시 내 자신의 심정을 납득시키려면 불교적이 되지 않을 수 없다.

석가에 의해 인도에서 생겨난 불교가 중국과 한국을 거쳐 일본으로 전파되었고, 내가 사는 이 지역의 풍토가 불교

사상의 세계적인 북방 한계선이 된 이유가 불가사의하다. 신란은 에치고(越後)[16]에서, 도겐은 에치젠(越前)[17]에서, 니치렌은 사토(佐渡)[18]에서 저마다의 사상을 심화시켰다. 이들 지역이 몽땅 북쪽인 호쿠리쿠(北陸)[19]에 속한다.

그 같은 풍토에서 태어나, 그곳에서 자랐고, 그곳의 풍광을 바라본 사람으로서 일본의, 호쿠리쿠의 향기와 색깔이 바람에 착 달라붙어 있다손쳐도 어쩔 도리가 없는 일이다.

그렇지만 우주의 진리는 하나라고 확신한다.

그리고 마지막으로, 당신이 이 세상을 떠나면서 남길 말이 무엇이냐고 묻는다면, 나 또한 료칸처럼 대답하는 수밖에 없으리라.

료칸에게 사세(辭世)가 있느냐고 사람들이 물으면

나무아미타불이라고 답하리니

*—————
16) 에치고(越後) : 현재의 니이가타 지방의 옛 지명.
17) 에치젠(越前) : 현재의 후쿠이현(福井縣) 동북부 지역.
18) 사토(佐渡) : 니이가타현에 속한 섬의 이름.
19) 호쿠리쿠(北陸) : 현재의 니이가타, 후쿠이현 등을 포함하는 옛 지명. (이상 16~19 ―옮긴이)

후기

이 『어느 장의사의 일기』라는 작품은 1973년에 현재의 관혼상제회사에 입사한 다음부터 쓴 일기에서 탄생했다.

일기이므로 독자를 의식하여 쓴 것이 아니었다. 한두 줄 짜리가 있는가 하면, 실없는 소리까지 적어놓은 흔하디흔한 생활기록이다.

하지만 입사한 뒤 얼마 지나지 않아 염습과 입관이라는 특이한 작업을 맡았기에 나 스스로를 진정시키기 위한, 죽음과 시신과 죽은 이들과의 마음의 갈등을 기록한 것이기도 하다.

시인 하세가와 류세이 씨와 교유하는 가운데, 그가 한 이야기가 계기가 되어 정리해보자고 마음을 먹게 되었다. 5년 전의 일이다.

여하튼 남이 읽어도 이해할 수 있도록 정리를 시작했으나, 글을 써나가는 동안 '죽음'이란 무엇인가, 불교에서 말하는 '왕생'이란 어떤 것인가 하는 어려운 문제에 부딪치고 말았다.

그래서 도중에 몇 번씩이나 그만두고 싶었지만, 나 스스로가 자신의 죽음에 대해 어떻게 대처할지 납득할 수 있다면 그것으로 그만이라고 여기니까 속이 편했다.

그리고 이 원고를 다 썼을 때, 마사오카 시키의 작품 『병상육척』에 나오는 "깨달음이라는 것은 여하한 경우에도 태연하게 죽는 것이라고 여긴 것은 잘못이었고, 깨달음이라는 것은 여하한 경우에도 태연하게 사는 것이었다"는 구절을 실감으로서 이해할 수 있게 되었다. 한 순간 한 순간을 소중하게 살아가자고 다짐했다.

끝으로 오늘 여기에 내가 있는 것도, 나보다 먼저 홀로 입관 작업을 하던 오쿠노 히로시(奥野博, 오쿠 그룹 회장) 씨의 덕택이라는 사실을 밝혀두어야겠다.

1993년 2월 28일   아오키 신몬

문고판을 위한 후기

이번에 문예춘추(文藝春秋, 일본어로는 분게이슌쥬)에서 『어느 장의사의 일기』를 문고판으로 내지는 이야기가 나와 다시 읽어 보면서 나 스스로도 기묘한 책이라고 생각했다.

일기라고 제목을 붙였으면서 일기도 아니고, 자서전이나 소설이라고도 할 수 없었다. 그렇다고 종교서적도 아니고 철학서적도 아니다. 굳이 구분하자면 논픽션이 아닐까 싶었지만, 그렇게 잘라 말하기도 어려웠다.

이런 사실을 저자 자신이 이제 와서 깨우친 셈이니 정나미 떨어지는 이야기이다.

저명한 작가 시바 료타로(司馬遼太郎) 씨가 작품 『공해(空海)의 풍경』 후기에 이렇게 써놓았다.

"내가 이 작품을 쓰기에 앞서 스스로에게 약속한 것은, 불교 술어(術語)를 절대로 쓰지 않는다는 것이었다. 술어를 기호화함으로써 문장을 만든다는 것은, 학술논문의 경우에는 당연한 일이다. 하지만 인간에 대한 관심에만 의지하여 써나가는 소설의 경우에는 전혀 도움이 되지 않는다."

과연 그렇겠구나 하고 탄복하면서『어느 장의사의 일기』를 뒤적였더니 제3장은 온통 불교 용어의 나열이었다.

이번에 문고판으로 내면서 고칠까 하고 마음을 먹었다. 그렇지만 제3장을 높이 평가해주는 독자들도 있었고, 또한 소설을 쓰자고 했던 게 아니었으니까 일부 첨삭 가필하는 선에서 그치기로 했다. 다만 본문에서 설명 부족으로 여겨지는 어구와 인명에는 간단히 주석을 달았다.

『어느 장의사의 일기』가 도야마시 교외에 있는 조그만 출판사에서 세상에 모습을 드러낸 것은 3년 전인 1993년이었다. 그로부터 세 해가 흐르는 동안 일본에서는 한신대지진과 옴 진리교 사건이 발생했고, 해외에서는 종교와 민족 간의 분쟁이 꼬리를 물었다.

그것이 다 인간의 삶과 죽음에 깊이 연관되는 사건이었다. 이번에 '『어느 장의사의 일기』를 쓰고 나서'라는 제목으로 가필했지만, 거기에도 이들 사건이 짙게 그림자를 드리우는 결과가 되었다.

인간의 행위 가운데 종교를 내세우고 전쟁을 벌이는 것만큼 어리석고 서글픈 짓은 없다. 진리는 하나일 터이다.

이와 같은 석존의 말씀이 있다.

어떤 사람이 이야말로 진실이다, 진여(眞如)다, 라고 하는 것을, 다른 사람은 허위다, 허망이다, 하고 우긴다. 이처럼 사람들은 서로 다른 해석에 얽매여 논쟁을 벌인다. 어째서 수행자(沙門)들은 동일한 것을 말하지 않는가. 정말이지 진실은 오직 하나여서 두 번째 진실이라는 것은 없다. 그러므로 진여를 아는 자는 다투지 않는다.

— 원시 불전에서

노벨문학상을 수상한 소설가 오에 겐자부로(大江健三郎) 씨가 한동안 절필하고 스피노자의 『에티카』를 읽고 있다는 소문을 들은 나는 1921년에 노벨물리학상을 받은 아인슈타인의 일화가 떠올랐다.

어느 유대교 신자의 "당신은 신을 믿습니까?"라는 질문에 아인슈타인은 "나는 스피노자가 이야기하던 신을 믿습니다. 그 신은 존재하는 것의 질서 있는 조화 가운데에 그

모습을 드러냅니다" 하고 대답했다.

스피노자가 지칭하는 신이란 우주의 진리이다.

신란이 거론하는 무상불(無上佛) 역시 우주의 진리이다.

그러나 그것만으로는 단순한 진리에 불과하다. '믿음(信)'이 없는 한 진리가 되지 않는다.

우주의 진리를 아미타(阿彌陀)라고 명명하여 부를 때 진리는 진실이 되고, 칭명(稱名)은 자아 붕괴의 울림이 되어 들려온다.

그 같은 울림을 들을 줄 아는 사람을 나는 만났다.

그 사람은 지연과 혈연의 울타리도, 민족이나 국적의 벽도, 아니, 생과 사조차 뛰어넘은 세계를 걸어가는 분처럼 보였다.

고사명(高史明)[1]이라는 분이다.

2년 전, 도야마현의 사찰 고조지(光照寺)에 강연하러 왔을 때, 주지스님의 소개로 만난 적이 있었다. 그 때는 얼굴을 본 것만으로도 눈물이 쏟아져 한 마디도 대화를 나누지 못했다.

이번에 바로 그 고사명 선생께 해설을 부탁드리게 되었

*————
1) 고사명(高史明) : 재일동포 작가 · 평론가. 본명 김천삼. ─옮긴이

234

다. 분에 넘치는 말씀에 몸 둘 바를 모를 지경이다. 더불어 불가사의한 인연에 감사드릴 따름이다.

1996년 초여름　아오키 신몬